岡部伊都子作品選　美と巡礼

玉ゆらめく

藤原書店

兵庫・篠山街道を歩く（1968 年頃）

兄・博と。（6歳頃）

小学校1～2年を担当していただいた岩崎初枝先生と、母校の前で

アムステルダムへひとり旅（1964年6月）

玉ゆらめく　もくじ

しゃぼん玉 …………………………………… 7
「さまざまなできごとのなかで、もっとも純粋に魂をいためるものは、やはり恋か。恋によって、よくもあしくも玉の緒がゆらぐ。」

飾り玉 …………………………………… 23
「ありがたいことに、うまく年を老ってきた。なんという解放感だろう。もう、『女』を意識される煩わしさはすくない。」

玉の緒よ …………………………………… 37
「この牛の角は、わが額にむけて突きさすべき角だ。わが胸の谷間に突きたてるべき角だ。」

竜《たつ》の玉 …………………………………… 51
「竜神は荒御魂《あらみたま》だ。和御魂《にぎみたま》のみでは生きてゆけない。和魂によって荒魂を活かす。荒魂が和魂を活かす。」

風船玉 …………………………………… 65
「貧しき者、苦しめる者を棄てて権力につく神よりは、紙風船のほうが神に近い。」

玉砕……79
「いつか当時の記録映画でみた、投身の女人の実影が重なる。それはわたしの運命だったかもしれないのに。わたしがあの女でなかったのは、勇気がなかったからか。裏切ったのか。運命に対する好奇心がありすぎたのか。」

勾《まが》玉《たま》……95
「日本では勾玉が玉の中では最高の尊厳を持つ玉の形として遇されてきた。古墳の出土品には管玉《くだたま》や丸玉とともに、勾玉が多い。」

玉《ぎょく》牙《が》……109
「怒りが、かくも美しいものであることを、わたしははじめて知った。自分が心から怒ったことがないのに、思い当らずにはいられなかった。牙を生かす正しい怒りはなにか。」

アシカの玉のせ……123
「わたしは自分のなかにもアシカがいて、ときにのぶとい声でうめくのを知っている。自分のなかの野性がよみがえって、人よりも『アシカちゃん』の方が、身近なものになるのかもしれない。」

玉《ぎょく》　樹《じゅ》……………………………………137
「玉樹は樹であると同時に、人でもあった。玉樹と形容せずにはいられないお人は、槐のように毅然として、しかも嫋々《じょうじょう》たる風韻の持主なのであろう。」
飴《あめ》　玉《だま》……………………………………151
『飴をねぶらされて』良心を麻痺させる飴がある。そんな飴を口にしてはならない。人を化物にする飴ではない。良心を安らげ、力づけ、充実させる飴玉は、化物を人にする尊い甘味として生かさなくては。」
玉依《たまより》ひめ……………………………………165
「男から庇護されることに馴れ甘えて、男を守らずにいられぬ愛を持たない女は、ついに玉依ひめではありえないのだ。」
旧版あとがき　179
追ってがき　182
［解説］「花あかりのひと」が書いた「花あかりのふみ」　佐高信　185

玉ゆらめく

題　字・篠田瀞花
カバー写真・井上隆雄

しゃぼん玉

■虹が輝く

久しぶりに、しゃぼん玉を飛ばしてみた。

なかなかうまくゆかない。

風のない明るい初冬の午後、ひとつひとつ、心をこめ、呼吸をはかってそっとストローをふく。やっと大きくなったかと思うと、こわれる。実際にはしずくが飛び散るだけなのに、ひどく大きな音をたてて、ぱちんとこわれるような感じだ。そのたびに、はっとし、がっかりする。

うまくストローの先きから離れても、空のほうにのぼってゆくしゃぼん玉は少ない。次つぎと、すぐ下へおちてしまう。色づいた千両の赤い実の上にとまったり、すっかり白く埃にまみれた椿の葉におりたりして、そこの赤や緑を少し美しく濡らしだす。土の上におちて、そのまましばらく形をとどめている玉もある。重いのかな。

小さな人たちにねだられたお母さんたちは、危険な洗剤で液をつくられるという。うっかり飲むといけないというような話をきいたが、なるほど、洗剤液によるしゃぼん玉のほうが手っとり早くできる。しゃぼん玉ばかりは、ストローがないと形づくることができない。石鹼を溶かして麦わらでふいて、小さな虹を映す気泡をつくるなんて、いったい誰が思いついたものだろうか。

しゃぼんの起源をくわしくしらべたことはない。いま『広辞苑』でみると、しゃぼんというたのしい発音は、ポルトガル語らしい。安土桃山時代に、舶載の貴重品として大名たちに使われ始めたのかもしれない。

水や湯に溶けて、ぷくぷくと泡だつかぐわしい泡のひとつひとつに、虹が輝く。ふしぎな人工の泡へのあこがれが、後にしゃぼん玉を結ばせたのであろうか。

女こどもの遊びではなく、貴族や武士が麦わらをふいて、ふしぎそうにうっとりしている図を想像すると微笑ましい。記念切手になった「ポッペンをふく女」と一対になりそうな、浮世絵「しゃぼん玉をふく男」があってもよさそうに思われる。

気がついて、化粧用石鹼でしゃぼん液をつくった。洗剤液でのしゃぼん玉は、なにか膜がねばる感じで、虹が美しい。きらきらとよく輝く。「こんなに美しかったかしら」と思うほどだ。

しゃぼん玉は思い出のなかでは、もっと淡く軽く飛び、かつ消えていったように思われる。また、ひとふきで五つ六つの玉が、ふわわとうまれてもいた。

野口雨情《うじょう》作詞、中山晋平作曲の童謡「しゃぼん玉」は、数すくないわが愛唱歌のひとつである。

しゃぼん玉　とんだ
やねまで　とんだ
やねまで　とんで
　こわれて　きえた

この歌が作られたころは軒の低い民家ではなかったか。わたしは下手なのか、いくら上をむいてふいても、屋根までとぶほど弾んだしゃぼん玉がうまれない。液の調合に、もっとよいしゃぼん玉をつくる秘訣があるのかもしれない。

天然油脂石鹸でつくったしゃぼん玉もふいてみた。やはりちがう。さくい。薄い。同じこわれやすいしゃぼん玉だが、洗剤液のものよりもずっと淡彩で弱々しい。これがほんとだ。昔からなじんだ、ほんとのしゃぼん玉だ。

しゃぼん玉　きえた
とばずに　きえた
うまれて　すぐに
　こわれて　きえた

かぜかぜ　ふくな
しゃぼん玉　とばそ

驕慢な少女であったわたしと仲よしだった兄の友人たちの前で、この歌を歌ったことがある。「君がなぜこの歌を歌うのか、わかるような気がするよ」といわれた。
いま歌うたびに、その一句一句に自分がはいるのを意識する。身にしむ歌だ。「きえた」

と歌うたびに、何かが消えるさびしさを味わう。しゃぼん玉をふけば、たちまち小さなしゃぼん玉のなかにはいってしまうわたし。須臾《しゅゆ》のいのちの浮遊だ。すこしは飛んでも、「こわれてきえ」る。

いろんなものが、すでにこわれた。消えた。

希望・信頼・思慕・約束・意欲・期待……。

次つぎとうまれてくるものが、次つぎとこわれる。人も次つぎとうまれ、あらわれるが、また、あとになり先きになりして消えてゆく。

■魂迎えのために

寒さがひとしおきびしかった夜、母の背にほっかり豊かな真綿をかける夢をみた。母の存命中は、いつもわたしが母に真綿をかけられたもの。すこしでもしなやかなからだの線をもちたい娘のころなど、真綿をかけようとして近づいてくる母の手を逃れて、家中走りまわった。「古い古い」とへきえきする娘をつかまえて、からだを守る真綿をつけてくれた母。ころころ笑い合った昔がいまごろになって、母の背をいたわる夢となったのか。

十二月の三十日は魂祭《たままつ》りだという。お盆と同じ魂迎えの行事があったらしいが、いまはすたれた。師走《しわす》月の忙しさ。大晦日《おおみそか》、一年の決算がおしよせる時期だけに、しみじみと亡き人びとをしのぶ余裕がないところから、いつしか失われたのであろうか。

和泉式部《いずみしきぶ》の「十二月つごもりの夜よみ侍《はべ》りける」歌に、

亡き人の来る夜と聞けど君もなくわが住む宿や魂無きの里　（『後拾遺集』）

とあり、また『枕草子』にも、譲葉《ゆずりは》が師走の晦日にのみ時めくのを「亡き人のくひ物に」しくのではないかなどと哀れがっている。譲葉は、いまもしめ縄につけて、年の「ゆずり」を祝う葉だ。平安の昔には、十二月三十日午《うま》の時に来て、元日の卯《う》の時に還るという亡魂送迎の供養を、大切にとり行っていたのであろう。

それが、鎌倉末期の僧、吉田兼好《けんこう》の『徒然草《つれづれぐさ》』執筆の頃には、すでにすたれていたようだ。師走晦日の夜のことを記したくだりに、

亡き人のくる夜とて玉まつるわざは、この比《ごろ》都にはなきを、東のかたには、なほする事にてありしこそ、あはれなりしか。

と書かれている。東国では供物の食べものをうず高く盛り、箸を数多くさして魂祭りしたらしい。

■玉の緒ゆらぐ

魂を、玉と表現するならわしは面白い。いのちは玉の緒である。魂は美しい玉である。幾度か、もうこれまでと覚悟した身ながら、まだ一条の玉の緒がつづいている。しゃぼん玉をふくわたしも、ふき散ったしゃぼん玉にたちまち宿るわたしも、魂なのにちがいない。

変幻極りない魂。

「霊なんて目に見えないそんなもの、信じないよ」

という人でも、現在、この身がいま解明されている科学的な物質のみによって形成され、動かされているとは思うまい。

一瞬一瞬の行動は、自分でも予告できない。次に何を思い、どういう表情をするか、それもわからない。冷静に見ようとすれば見ようとするほど、何もわからないことが見えてくる。どうしてこんな気持になるのか。どうしてこんな性格になったのか。どうしてこんな考えかたをするのか。

人のいのちは、からだと魂とがひとつにからみ合って燃えている。からだと魂とが分離すれば、人としての死だ。その、いのちのからくりがわからぬ。からだの成りたち、魂の成りたちがわからぬ。なぜ、このからだにこの魂が結ばれ、それがわたしとなっているのか。からだもかわる。魂もかわる。そしていつか魂が脱ける……。

さまざまなできごとのなかで、もっとも純粋に魂をいためるものは、やはり恋か。恋によって、よくもあしくも玉の緒がゆらぐ。生存中、向上や堕落をみせる魂。死後もなお、よろこびや悲しみにもだえつづけるといわれる魂。生前中の一喜一憂が、魂だけになったあともなおつづくなんて、なんともしんどいことではある。

恋はまさしく、生身魂《いきみたま》の魂祭りであろう。

こなたの霊感、心気《しんき》の限りをつくして、思うあなたの生身魂を呼ぶの業《わざ》。玉呼ばい、玉迎えだ。だが、相手の魂がどちらを向き、何を求めているか。ああ、もしこちらを向いていないのならば、何卒方向をかえてと念ずるせつなさには、物質的存在であるからだまで痛む。幸いにその魂もまた、こなたの魂を呼ぶ場合には、恋は成就して魂は虹色に染まることになる。

しかしそれは稀だ。呼べば呼ぶほど遠のく場合がある。いかに呼んでもふりむかれぬ情なさに傷つき、破れてしまう魂がある。

結ぶ、結ばれるということは、たいへんなことだ。「うまれてすぐに、こわれてきえ」るにせよ、まず結ぶ。忘れられるものなら、忘れてしまったほうがいい。辛抱できる思いなら、辛抱し切ったほうがいい。

恋は熱病にたとえられる。自分で自分の熱をなんとか冷ますくふうは、したほうがよい。恋は盲目になり、自分を見失って結ばれやすい。恋は、醒めた意識で自他の正体を確認しつつ、なおかつ近づかずにはいられぬものではないか。

■本音で生きる

軽い恋。重い恋。褪せゆく恋。深みゆく恋。忘れうる恋。忘れえぬ恋。

生涯、ひとりの異性と愛し合い、添いとげうる人は恵まれた人だ。静かな愛と信頼の生活。否応なく人間性を剥ぎとられてゆくような激動の汚染時代に、ほのかな灯を二人で守って歩いている男女の姿をみると、忘れていたやさしさの蘇る思いがする。かげながらその一対を守りたく思う。

しかし、そうしたよき一対の片方に、より深い魂との結びつきがみられると、これは修《しゅ》羅《ら》だ。軽薄な恋ならば気楽だ。官能的な魅力のみを追う人なら、また新しい対象に移るひとときの遊びに終るかもしれない。けれど気楽な遊びではとうてい到りえぬ魂の境地があろう。魂に嘘をついて、常識的平安を守るか。世間体に嘘をついて、魂の真実に生きるか。これまでも、数知れぬ多くの男女を襲いつづけた大問題だ。

「わたしは本音で生きたいの」

わが胸をさし貫く言葉をいい放って、ひとりの友が至難の道に出発しようとしている。その本音。よき一対が二人の個人となり、友を加えた三人が個人同士の親友となって、新しいせかいを創る夢。ひとことに、夢といっては、軽く甘く受けとられよう。決して甘いものではない。

自己否定、自己放下《ほうげ》、自己解放。そのもっとも素直になった無一物の状態は、常識者から投げられる石つぶてによって、血みどろとなろう。しかも、そこから建設しなくてはならぬ。既成観念に堕しない新しい社会を。世の幸福観とはまったく逆の、新しい価値観のせかいを。建設の基礎が、血みどろの「本音」なのだ。

三人が三人とも、その心の足並みが同じスタートにそろわなくては、この出発は不可能だ。それが可能であるという。ひとりでいかに心はやっても、相手が同じことを考えなくては、どうしようもない。その点、互いに得難い仲間を得られた。

「とにかく苦しいもの。何とかして忘れようと努力したのよ」

何年か、死にものぐるいで互いに離れる努力がなされたらしいが、それは成功しなかった。心は決めても、不安がうずく。無理はない。このように心身の共鳴し合う相手にめぐり合えたらと、誰しもが願う。その貴重なであいを得た幸福が、同時に、幸福な女人をその座からひきずりおろすことになる恐怖。どういう形をとっても、女の魂は愛と嫉妬によじれよう。心底、割り切れぬ情念が血をふきあげている様子。

羨ましく、いたましく、心配だ。

一対一でなければいや。母はよくそういって泣いた。かといって、自分が父と別れてひとりになることなど、考えもしていなかった。妻の立場が大切なのだ。「よき妻」のけっぺきだった。

「叔母さんは叔父さんに惚れていたんだよ」

今頃になって、従兄たちがそう教えてくれる。もっと早くそのことに気づいていたら、わたしの気は楽になったのだが。小娘のわたしに、その母の女心はわからなかった。父への愛執がわからなかった。

そうだとすると、わたしがひとりになる道を選べたのは、人を愛していなかったからだといわれても仕方がない。「よき妻」ではあったつもりだが、「惚れて」はいなかった。ものの考えかたが、対照的に異っていた。だから心のこりはなかった。無用となったわたしは、新一対をのこして家をでた。

「けっぺきというものも、多くは社会的な古い通念からきているでしょう。自分のなかに、まだまだ古い通念がわだかまっているのよ。自分と闘わなくては」

そういう友は、いま、もっとも新鮮な生まれかわりに身をふるわせている。

あの時、もし人が、わが心身の共鳴者であり、婚してもなお恋しつづけている状態だったとしたら、わたしはどういう解決をはかったであろうか。それを思うと、身がすくむ。心情的に遠い人とでも、あの苦しみようをしたのだもの、想像も及ばぬものすごい嫉妬に悩んだことだろう。友の場合のように、相手と別れられぬ必死の恋人なのだったら、ヒステリカルなとりみだしようで死んでしまうかもしれぬ……。

いや、それは昔ならばの想像で、いまとなっては死ぬ気などない。きっぱり別れ切ってしまうか。別れたのちもつき合うか。別れても、人の志はかかげながら守るだろう。いかに苦しくても、またそれに洗われて強くなって生きる。

■妖《あや》しの魂

中性洗剤洗剤液のしゃぼん玉は、全体がうす紫や青に輝いている。この妖《あや》しい輝きが、の毒性を示すものではないか。

もう十余年もの昔、香魚《あゆ》のつかみどりで有名な闘竜灘《とうりゅうなだ》にでかけておどろいた。さしも音にきこえた清流に、いちめん、汚い泡入道がもくもくとたっていた。

もちろん、岩間の急流からはね上るという香魚の姿なんか、全然みられなかった。香魚はおろか、生きた魚の住める川ではなかった。だのに、あちこちに昔の清流のイメージを強調した広告板がたてられていた。あの時の、ぞっとするおそろしさ。

天然油脂の石鹼による気泡は、つつましくほのかな虹を映す。

身内に、死期迫る病者が二人、刻々を別れつづけている。亡き人の魂を迎える意識を持っての祭りではなかったけれど、これまでも越年は、まず亡き人への読経ではじまった。

そして、書き初めは遺言だった。ここ数年、前年のメモをそのまま通用させようとして怠けている。明年には、一度克明な手紙を書いておこう。

本音が言いたい。だが本音がたったひとつではないから困る。まったく正反対のことが、多元的本音として存在する。魂は、まったくひとすじ縄ではゆかぬ妖しのものだ。しかも、もろい。おびただしい思いがうまれた。そして、こわれて消えた。「絶望」ばかりがうまれていた。その絶望も、いまは消えた。

玉は魂。

風がなくても、わがしゃぼん玉はうまれてすぐに消える。飛ばずに消える。

飾り玉

■珊瑚に惹かれる

以前は大好きだったのに、いまはそうでないものがある。以前は拒否していたのに、いま魅惑される場合がある。「大好き」だったわたしを知っている人は、「そうでない」いまも、「大好き」なように扱われる。「拒否」の状況を知っている人は、「魅惑される」いまに、納得されない。

たしかに「そうであった」のが、いま「そうでない」時は、どうしたらよいのか。困る。人間関係でも、物との関係でも、生きかたや考えかたの結びつきでも、われながら前後一貫せぬ自分の変りように、呆れることが多い。

「変節」などというおどろおどろしい言葉が、いつも指を立てて、わが乏しき良心をおどかす。「不変」は尊敬される。たしかに、不変には安心がある。信頼がもてる。

諸行無常。常無き万物の流転が現実の相であるからこそ、その中に不変なるものをみいだしえたよろこびは大きい。

だが不変なる本質であっても、具体的には変化する場合がある。変化することに、つねに高下の価値観をくっつけて、向上・進歩か、堕落・退歩かのどちらかに決めてしまいやすい。だから、「向上」だと思えない変化の時は、何となくうしろめたい。

視野展開による進歩だと思っても、かつて尊敬していた人に対する心の冷却は心苦しい。このような時、他の人はどうされるのかしら。

「あ、それは……」

賑《にぎや》かな一座のなかで、ふと、わたしの左手が見とがめられた。小さな珊瑚《さんご》の指輪をはめている。

「見つかったの？」

「いいえ。買ったんですよ。あんまりさびしいから」

また別の男性が、

「へーえ、さびしいから指輪をねえ。きびしいこの人が、いまごろはじめて女らしいことをいう」

皆が笑った。

この指輪の前に、もっと大きな美しい鴇《とき》色珊瑚の指輪を持っていた。四、五年前『列島をゆく』の取材で、はじめて土佐の高知を訪れた時、ふとこの淡紅色の珊瑚が目についた。マリー・ローランサンのぴんく色である。

おきつなだ桃色、だれがいうた。
あまがいうた。
あまの口よ　引きしゃけ。

珍しいぴんく色の珊瑚の所在は、それをふと洩らした海女のいのちが奪われるほどに、秘されていたのだ。いまは土佐の浜から珊瑚は採れないということ。この淡紅色の珊瑚が、どこの海に生まれ育ったものかわからないけれど、わたしははじめて自分から求めて、この指輪を指にはめた。

もともと、指輪の似合わない無骨な手である。母ゆずりのごつごつ節くれだった形で、わりによく働く手なので、指輪をほしいとは思わなかった。母はそんな骨っぽい大きな手でも、いつもダイヤモンドのはいった太目の白金の指輪をはめていた。それがいちばん気に入っているらしく、夏には茄子《なす》の形に細工した翡翠《ひすい》をしていた。相当、貴金属類が好きだったようで、自分の指ばかりではなく、姉とわたしに、いろんな装飾品を与えてくれた。

今から思えば、なんともったいないことをしたものだと呆れる。もちろん、金銭的な意味ではなく、母の心づくしを無にした点、すまないことだった。母の好みは気に入りながら、さて、自分の身に飾りものをつける気にはなれないわたしだった。

長い髪を紫の紐で結んでとりあげるのだから、その紫の紐だけでも充分すぎる。飾りものは実用的には不要というより、「余分」なもので、拭き掃除や台所などで働く手に指輪があっては、邪魔だった。

「何にも飾りものをつけへんなんて、喪中みたいで陰気やわ」

と姉は怒ったが、こちらは飾ると落着かないのだ。

ひとつは、似合わないところからくるコンプレックス。ひとつは実用のものを手厚く考える価値観。ひとつは、当時の自分が外見嫋々《じょうじょう》としているといわれ、情緒過剰とされたことへの反撥。ひとつには、働きの制約される不自由。

それでなくても、「夢見女」の性《さが》で、現実的な人からみれば「阿呆」としか思われない。

真実を見きわめる力がなく、夢をみては何度も墜落する。したたかに落ちて傷《いた》んでも、土のあるおかげで支えられ、また何もなかったような顔をして夢をみている。そんな女に飾りものは、ものほしげな女臭さを深め、自他をあやまらせる役にしか立たないのではないか。それがいやだった。

そういう内心の抵抗が、指輪との縁をいっそう薄くしたのであろうか。大阪空襲で焼けだされた時、小学校一年生の担任だった岩崎初枝先生にいただいた水色オパールの指輪も、なくしてしまった。久しぶりにめぐり逢った娘時代のわたしの手をとって、「大きくなった伊都子ちゃん」に、ご自分の指から指輪をぬいて手ずからはめてくださったものなのに。東京で知人の五歳の女の子にねだられて、ちょっと指からはずしたら、たちまち見失ってしまった。

■真珠の数珠

また、九年近くも前のことである。突然、志摩《しま》の海女《あま》だといわれる女性がみえた。『藝術新潮』の「白い感傷」（単行本では『美の巡礼』と改題）でとりあげた真珠貝を読んだといわれる。

真珠細工のデザインをしていられるそうで、なにか註文しなければと思って、いろいろ考えた。結局、ネックレスなどは使う折がないが、数珠《じゅず》ならばと真珠の数珠を頼んだ。仏事、法事ばかりでなく、よく仕事でお寺にゆくので、当然の用意に数珠をいつも持っている。数珠ならば、しょっちゅう手にかけて楽しんだ上、棺のなかまで持ってゆける。

数珠にも思い出が多い。象牙《ぞうげ》、珊瑚、水晶。いつか、滋賀の常楽寺《じょうらくじ》の暗闇の本堂にひざまずいて数珠をとりだしたら、とたんに糸がちぎれた。ぱっと水晶の玉が四散した。外はうらうらと明るく、紅椿の散った花を、小さな人たちが首飾りにしてくれる春の日。だが堂内は冷たく暗くて、小さな玉をひろうには不適だ。お寺の本堂だもの。数珠の散華もよろしかろう。黙ってそのままにした。

法然院の花首散華《かしゅさんげ》に感動した日は、気に入っていた紫錦の数珠袋をどこかに忘れた。なかなか、心に叶う数珠はないものだから、真珠の数珠の思いつきに、ひとりよろこんだ。

「どうかひと粒ひと粒よい真珠を選んでつくってくださいね」

ところが、できあがったものは、ひどい品だった。

「誰にいっても、真珠で数珠をつくるなんてもったいないといいますの」

そういわれた。世間的常識と、わたしの希望とは往々にしてくいちがう。皮のはげかけた真珠の数珠で四千円。二重になってもったいないけれど、「ほんとにいい真珠で」と、も一度頼んだ。真珠の数珠の紐飾りには、平織りの白緒《しらお》がほしいところだが、そこまでは無理だった。

紫のぼんぼんのついたマァマァの数珠ができてきた。これは、いまも愛用している。

■名残りの女

真珠は、夏の汗ばんだ手で触れては気の毒だ。夏はやはり水晶。

「散華の水晶のあとは、わたくしにととのえさせてください」

と申してでてくださった親しい僧侶からのいただきものだ。鴇《とき》色珊瑚の指輪をみて、はじめて自分の発想で自分が求めて自分の指にはめる気がおこったが、その時、同じ鴇色珊瑚の数珠があれば、そちらをさきに買ったかもしれない。

自分の人生が秋にさしかかって、もはや蕭条《しょうじょう》。いわば桃の花のように、愁の影ひとつない乙女の色である淡紅の珊瑚が心に染むとは意外だった。

名残りの女が女を呼ぶのか。あるいは老いを美しく迎える用意なのか。紅や朱や白の珊瑚とはまったくちがう、れいろうの鴇色珊瑚を指にはめていると、知人たちは一様に「それはどういう指輪ですか」ときかれた。これまでの指輪嫌いを知る人びとは、「いったい、何があったのか」と思われたのだろう。

この疑惑と、自分の思わぬ指輪への心の傾きに、わたしはひとりで照れていた。はめたり、はずしたりしすぎた。三年前、長年わたしの作品を読んでいてくださるある方と、一夕、初対面の席がもうけられた。その席で、ふと気がつくと指輪をしていた。わたしは、へんな色気をだしたのだと思う。以前の「指輪は余分なもの」と書きつづけていた文章を読まれていることを思った。

首尾一貫せぬ美しい指輪。こんな年になってから、鴇色珊瑚に心奪われたわたし。机の下でそっと指輪をはずして、ハンドバッグにひそめた。そして家へ帰ってみたら、もうどこにも、その姿はなかった。

まだ中途半端な、いやらしい年齢であった。だからはにかんだ。もっと枯れた皺《しわ》だらけの手になっていたら、この美しい色が、かえって悠々とたのしめたのではないか。指輪にも心がある。蔭ながら尊敬していた老紳士との初対面に、指輪の手を恥じたとたん、指輪は決定的にわたしを見放した。おそらく、家路へのくるまが途中で急停車してハンドバッグが座席の下にころがった時、その口がひらいて落ちたものと思われる。

このようにして好きな指輪が、わたしを見棄てた。朝に夕にいとしみながらも、不徹底な態度であったわたしを去った。「悪い心を使った。すまないことをした」と心がしくしく。
「ひょっとして」似通う面影でもあるかと、時折り装飾品店をのぞいてみるが、ふたたび、あの綺麗な色にであわない。白っぽいか、赤っぽいか、どこか色の精がちがっている。すこしでも余裕があると、それを必要とするところに渡していた。余裕のない時に、まだ袖を通さないきものをそのまま手放して、お金を作ったこともある。資産としての宝石の価値をいくら説かれても、ほしい気持は起らない。

さらに人生の秋は深まって、初冬、いや、やがて厳冬である。老いというものは、決してうれしいものではない。白髪がふえ、皺がふえ、正直きたなくなる。この夏はひとつ仕事に集中するため、二、三カ月ほど、ホテルにこもる日が多かった。ホテルに入って、新聞ひとつ読まないようにしていても、仕事は夜だ。朝眠ると起きるのは昼頃。食事にでて、すぐ疲れてまた休む。疲労こんぱい。

その、夜なかの机で、資料と原稿用紙と、そこへ原稿をおさえるわが手と。何ひとつ飾らぬ左手が、たいそうさびしかった。

「なんだかさびしいなあ」

お酒を飲んだと思って、疲れている自分になにか綺麗な色を添えてやりましょう。食堂にでたついでに、土産売場にいった。小さな珊瑚の指輪があった。以前の品を上臈《じょうろう》とするならば、これは町娘。紅がすこし濃い桃色で、気楽なつき合いができる。それからは、指の小さな紅をときどき眺めた。ほんに、指輪なんて、他人に見せるためのものではない。自分がたのしむためのものだ。

■年を重ねての解放

道ばたの雑草への傾倒は決して変らないが、昔は毛嫌いしていた華麗な洋蘭のせかいの影深さにも、惹かれるようになった。カトレヤもよいが、シプリペジューム。

この間、「ぴ・い・ぷ・る」（『藝術新潮』）の欄で、佐野ぬい氏の指輪のスケッチを拝見した。指輪をしないで外出すると「ハダカで町に出たみたいで落ちつかない」といわれる。お若い方であろうか、芯からの指輪好きでいらっしゃるらしい。徹底してぜいたくな指輪をお持ちのようだ。

「ヨーロッパの古い屋敷からでてきた金と九個のルビー」の指輪は、「気持を軽くさせ、奔放にさせる」「人生がキラキラしてくる」そうだ。どんなにすばらしいか、そのスケッチをみているだけでも艶麗豪奢《えんれいごうしゃ》な雰囲気が想像される。羨ましい。

エメラルドや、黒オパールや、ダイヤモンドなどの立派な指輪をはめた、友人の夫人たちの指を思いだす。オランダでダイヤモンド工場もみたが、わたしの乏しい体験ではダイヤには心惹かれない。

ありがたいことに、うまく年を老ってきた。ようやく、指輪をはめても、はにかまないですむ。なんという解放感だろう。もう、「女」を意識される煩わしさはすくない。「女の演出」などとまちがわれない自由が生まれた。「さびしいから指輪を買ったの」うらうらとそういえるのが、なかなかにうれしい。

このところチリ紙も砂糖も醤油もないという。いつもお重詰にいれる高野豆腐を頼んだら、生協さんは「ありません」とそっけない。「ありません」ものがあり過ぎる。

「ではまた、ある時にね」

ひと月にたった一缶の灯油。子どもや老人をかかえた家庭では、どんなにたいへんだろう。消費・享楽の世から、欠乏・節約の世への墜落である。首相が、「インフレではありません」と語っているその間にも、価格が吊り上ってゆく。

いかに享楽をすすめられても、世間の享楽とするものによっては慰められなかった頑固者だ。世の転落はどこまで深まるか。予想できない深淵が待っているだろう。不安に足をとられて、われわれは自分のいやらしい心をひきだされ、人間的悲惨にまみれてゆく危険がある。

「勾玉《まがたま》や管玉《くだたま》、珊瑚や水晶を、首飾りや髪飾りにしたのに、なぜか指輪をしなかったのは、日本人のナゾの一つだと思います。茶の湯や料理をするときの、手や指の潔癖感からくるのでしょうか」

と佐野氏は問われる。

なるほど指輪は明治以後に普及したといえる。ひとつには、きものを着て指輪をはめるなんて、野暮な気がしていた。きものの美しさには、耳飾りも首飾りも要らない。日本の昔話は、「働きもの」を善人とし、「怠けもの」を悪者とすることが多い。また、座敷を飾り立てるのは悪趣味としていた。このような働く時の束縛感、装飾の抑制を好む心は、わたしの実感でもある。

西洋と東洋とのちがいであろうか。日本独自の感覚であろうか。このごろのような奇々怪々の世相では、精神的悲惨におちいるまいと努力したあげく、健康的物質的敗亡をきたして、ほろびることもありうる。荒れてゆく心の指に、いまごろになって複雑な虹色のきらめくオパールをはめる。指輪どころではない恐怖の時代。

だからいっそうに、「僕は岡部ちゃんを美しくするために、指輪を持ってきたよ」というりりしい男性の言葉に胸がときめく。お菓子の景品のような赤いガラス玉の指輪を、六歳の太郎ちゃんから「君を美しくするため」というすてきな表現で渡された時、おとなからはきいたことのない言葉が、素直にわが女心にしみわたったものだ。

玉の緒よ

■角に心こもる

一本の黒い牛の角《つの》をもらった。

つるつるとなめらかで美しい。牛の角ときくと、なんだかごついもののように思っていたけれど、わりに小さく、繊細な感じの角だった。

自分の頭にその角をたててみる。もらった角を、前髪の中へ生やすことができたら便利なのに。額に角をあててみるだけでも、みょうに心がいそいそしてくる。丑《うし》の刻参りの女になったかのような鬼気と、心中の角が外にあらわれたかのごときたかぶり。

黒牛の写真がそえられている。何の説明もついていないけれど、この角の主のようだ。新聞社の「優賞」化粧布が胴にかけられた美しい肉牛だ。

先島《さきしま》の牛のコンクールなのか。これはどこの島で生れ育った牛だろう。黒島か。西表《いりおもて》か。

あるいは竹富《たけとみ》か。このコンクールののちに、どうなっていったのか。この角が、角だけになってしまうまで、やさしい目であたりを見ながら、牛は何を考えていたことか。

先島の誰もいない部屋で、ひとり机にむかって手紙を書いていたら、さくさくと砂をふみしめて誰かがはいってきた。誰かしら。いつも人の声がさきにきこえるのに。手を休めて、戸障子の開いたところに誰があらわれるかしらと見ていた。

するとその廊の向うに、牛の顔があらわれて、「こんにちは」というようになかをのぞきこんだ。大きな牛と小さな牛と。二頭の牛にのぞきこまれて、「まあ、よくきたわね」とよろこんだ。「気のすむまでゆっくり遊んでいらっしゃいね」と話しかける。白い珊瑚《さんご》砂をひいた空間を、さくさくと二頭は散歩して、木や草にたわむれていた。そしてやがて、石垣の門からそとへでていった。

しんとした明るいまひる。人気《ひとけ》のない庭に牛がたずねてくれる。けげんそうにのぞきこんだ牛の親身な顔が忘れられない。

島々をめぐって牛を扱う青年と知り合った。牛の重い大きなからだは、小舟にのせるのがむつかしそう。青年がようやく舟にのせ終ると同時に、牛は排泄した。あたりが汚れた。その人は海水をくみあげて、汚物を海に流した。きれいに清めている間、牛を扱う手もとになんともいえない愛情がこもっていた。

優賞牛の鼻緒をひっぱって写真にうつっているのが、その男性である。この人は、わたしの心を知るひとりだ。わたしが一座の人に話す間、黙ってじっときいていた。「一本は自分が持つ。一本は」という心のこもる角。

この人の侠気は、一九七一年の大旱魃《かんばつ》が証明した。あの年は春から雨が降らず、ただならぬ旱魃の気配が濃かった。暑熱の先島での水不足が、どんなに苦しいことか、悲惨なものか、想像に余りある。牧草が枯れて牛は食べものを奪われた。たちまち痩せて骨と皮になってゆく牛の写真が、送られてくる地元新聞にのった。

人間の使う水が乏しいのだから、牛はいっそうつらいことだ。わずかな真水に潮水をまぜて飲ませる。風が吹くと倒れるほど弱った牛を、すこしでも価のある間にと売りいそぐ。毎日、牛の価は下落する一方。この時とばかり買い叩かれた。

その時、この人は売り手が「そんな価で買ってくれるの」とおどろくほど、いい価でひきとった。「申しわけないほどのいい価で気の毒だった」と、のちのちまで感謝されている。人の弱みにつけこむ気性とは無縁の、気持のいい男性である。物不足の世評に意識的に売り惜しみして人をあやつり、価をつりあげるやりかたからは、およそ遠い美しい魂だ。

牛の眉間《みけん》には、牛の玉《たま》がある。

闘牛はみたことがないけれど、はっしと眉間をうち合わせて押しているニュース画面をみる。

仏像の眉間に輝く白毫《びゃくごう》のような力を持つ箇所であろうか。牛の玉は、外からみれば毛のうずまきのようなものだが、中に堅くてまるい芯があるらしい。その芯で押すのか。

■断絶への願い

青年伯楽《はくらく》は、角とともに、心のこもるメッセージをことづけてこられた。わたしに、大切な坊やをくださるという。あとつぎをもたぬ者のさびしさを思いやって、何とか力づけてやろうという熱い心だ。真剣な申し入れで、その真情に胸うたれる。

これは、はっきりしておかなくてはいけない。そのありがたい志に感謝して、「ありがとう」とだけいって、すましてはいられない。これまでも何度か大切なお子さんをくださるという話があった。わたしが「こんなお子がほしい」と思うこともあった。「僕が子どもになってやるよ」と宣言した坊やは、そういうわけにはゆかないひとり坊やであった。

人一倍、小さな人にひざまずく思いが濃いので、おとなよりは小さな人とのほうが話が早い。自分が生みたかったのに、ついに生まないまま、生めない年齢となった上からは、養子も考えないことではなかった。ベトナムの孤児。沖縄の混血児。心ゆさぶられる。「里親になれ」とすすめられたこともある。

しかし、いろいろに迷ったあげく、いまわたしは、わたしかぎりで断絶したいと願っている。厚かましいけれど、どのお子さんもがなつかしい。ご縁深い先島のこぼしさまたちをはじめとする小さな人びと。親戚や近所や縁辺知友の小さな人たち。絶えなば絶えね。絶えたことによって、その小さな人たちの心のすみに生かしてもらいたい。

小学校に入学したばかりのわたしを受持ってくださった岩崎初枝先生は、美しい先生だった。そして、節度のあるりりしい方だった。わたしと同年のるり子ちゃんを幼くして亡くされ、ずいぶん子どもを欲しがっておられた。だが、入籍は子を束縛する。夫君を亡くされて、ついにおひとり。

「伊都子ちゃんが好きな人の子を生んだら、わたしが育てます」

と、いっておられたが、その期待にも応ええなかった。あんなに子どもの好きな、また立派に教育する力をもっておられる先生でも、孤の運命を明るくしのんで、元気に八十歳を暮していらっしゃる。

わたしは駄目だ。

小さな人にむかうと、べたべたと甘くなり、こちらがひたすら恐縮し、甘えてしまう。よくないところをしっかりとおさえて、毅然たる注意をはらう力が乏しい。こんな親をもてば、その親の甘えの重圧で、子の魂や可能性が歪むのではないか。「親と子は人間同士」とか、「親がよりよき人間になろうと努力する姿が、何よりの教育」などと、えらそうに口にするけれど、自分がよい親になれる自信はない。

親である人は、強い。何といっても子は親をうけつぐ。自ら親を批判することはあっても、他のつぶてからは親をかばう。子孫をもたれた先人たちは、それだけでも力をもつ。いかに逆立ちしても、子を生まなかった者にとって、子はこの世にはない。断絶。それがすがすがしい。くだけ散ったガラスの微塵《みじん》のように、小さな人たちの魂に入りこみ、溶かされてしまいたい。

■百人一首におもう

おしつまった暮のある日に、生まれたばかりの『水墨《すいぼく》小倉百人一首』が届く。この出版に心つくされた西村脩一氏夫妻が、まるで赤ちゃんをみせるように胸に抱きしめてこられた。以前、二尊院版の百人一首に心惹かれた西村氏は、著者藤原美貞《みてい》氏の百人一首絵への熱意に動かされたという。ちゃんとしたものを、もう一度作ろう。

紫の紐《ひも》を解いて印籠《いんろう》仕立の桐箱の蓋を開くと、ぷんと香が匂う。西陣で織った梅鉢紋金《うめばちもんきん》襴《らん》の帙《ちつ》が二つ。読み札は紺に金梅、紺に銀梅が取り札の包みだ。読み札一枚の画に二十枚くらい、また取り札の書には三十枚ほども書き直しされたときく苦心の作だ。鳥の子和紙の表に、裏は金箔、銀箔がびしっと張られている。

「手づくりというものが、どんなにたいへんなことか、よくわかりました」

西村氏家業の印刷も、美しい印刷ならかえって簡単なのに、礬砂《どうさ》びきをしない鳥の子に水墨の味をそのまま刷るのが、たいそうむつかしかったという。製版を十回以上やり直した。また、金箔銀箔は、箔の方にのりをつけると、くるくる巻けてしまって張れないので、その装置を改良したのだそうだ。姫のりを台の方につけて張る。せいぜい月に二、三百箱分しかつくれない。

和紙袋綴の解説書には、一頁一首ずつの略解がある。田中順二氏の、学問的水準の高い解説だ。ひとつひとつ手彫りの帙の象牙爪は、伊藤明山《いとうみょうざん》作と記されている。桐箱も内容の厚さがまちまちになるので、それに合わせてつくられているとか。京なればこそ、よき職人衆の手に恵まれて、この美しい仕事が実ったのだろう。

今年は百人一首がブームであったときく。ブームであってもなくても、金銭的な利益のためよりは、心のよろこびとして作られたであろうこの『水墨小倉百人一首』。いま、板絵や手描きの古い百人一首がなつかしまれているように、この生まれたばかりの百人一首も、やがてのちの世に、「先人の協力してつくった京都かるた」として眺められることになろう。純金銀の箔の裏張りや帙の裏の砂子《すなご》紙など、使い重ねて年を経れば、渋みや枯れが添うだろう。後世にのこるべき箱に、信頼できる解説の付されているのがうれしい。

百人一首にとりあげられている女人は二十一人。撰者とされる藤原定家《ふじわらのていか》の心に触れる人であり、また作品であったものと思われる。

歌の言葉が原作とかわっていることがあり、それが、伝承のいつの時代に変化したものかわかりにくい。学問的に厳密な考証で、手もとにあるありふれた歌留多《かるた》では、「忘れじのゆく末まではかたけれど」とある儀同三司母《ぎどうさんしのはは》の歌が、「ゆく末まではかたければ」となっている。こうした例が他にもみられる。

女人作の二十一首のうち、「恋」が十四首。徒《あだ》し男のいい寄りに答えた清少納言と、周《す》防内侍《おうのないし》の二首を加えると十六首。男女の間の情けを歌った作品は、圧倒的な数にのぼる。道綱《みちつな》の母や伊周《これちか》の母など母たちのも、男への切ない恋慕と哀怨の思いをこめた歌が選ばれている。

『かげろふの日記』を読んでも、子への愛とは比べ難いほど、夫―男への情念が深い。女の悲しみが察しられる。子に関心を移し、育児にまぎれてしまえるほどの簡単な恋ではないのだった。

幼い頃からきき馴れた百人一首を読みあげる声が、耳底にひびく。調べが美しい。余韻嫋々《じょうじょう》たる調子である。目で読む前に、身に染みいる新古今的情調が、歌の意味など全然わからない幼い者の魂をも動かしていた。

いま読みあげて、もひとつ感動しない歌は、昔からやはり好きではなかった。機智、技巧、演出の歌は、面白いものでも心をつかまれることはすくない。

宮中という社交の場では、往々人をくすぐるような機智や才華のきらめく歌が、人目をひく。はなやかな光りが一座を包み、とりわけて才たけた応答の呼吸、深い学識を生かした機智の反応に、芸術的な遊びの雰囲気がたかまる。

いのちの歌

『水墨百人一首』から、二十一人の「姫」札をとりだして並べてみる。三人の後姿、長い黒髪おどろの後姿のほかは、横顔または正面に顔をみせている。姿勢がよくて、昔の札のさし画に記憶しているような、ふし沈みがちの趣はすくない。

それに、画面に大きな変化があったのは持統天皇と式子《しょくし》内親王だ。いずれも以前の札では、御簾《みす》の下からこぼれでる衣裳のみを描いて「台つき」としていた。直接に描かず、おぼろに包む暗示的手法だ。その御簾が、この水墨画では追放されている。女帝と内親王は、髪に冠があって説明されている。緋《ひ》の袴《はかま》の式子内親王は、檜扇《ひおうぎ》を半びらきにして立ちあがっている。これも戦後の変化か。

玉の緒よたえなばたえねながらへば忍ぶることの弱りもぞする

恋というあやしき魂《たま》ごとのせかいに、「忍恋《しのぶこい》」はもっとも大きな容量をしめてきた。どこの誰とも知らぬ人に恋をして、恋に痩せ、やつれ果てて死ぬことが現実にあったようだ。時を得て近づき、心の願いのままにむすばれるのは、よほどの幸運者。男はまず「身分」

にしばられた。女は何よりも「女であること」に屈従させられる。封建制のもとでは、人を思うの心など、口にだせない「恥かしいこと」とした。

「忍恋」は、地下に燃えくすぶる陰火だ。いんいんめつめつの胸の火を消しとめる力をもたぬ苦痛が、「玉の緒よ」の一首にこもっている。

後白河院の皇女、式子内親王は自分を生かしめているいのちそのものにむかって、「たえなばたえね」と悲痛によびかけた。生きながらえていたら、がまんする力が弱って、あさましく恋にとりみだしている自分を人目にさらしてしまうかもしれない……苦しみ。

式子内親王は、天性すぐれた詩人。情感ただならぬものをたたえながら、心もとない一生であったらしい。清浄なる斎院《さいいん》のイメージが濃く、病弱であることや、のちの出家など、水墨的色彩の生涯といえよう。

生きてよも明日まで人はつらからじ此の夕暮をとはばとへかし　（『新古今和歌集』）

「玉の緒よ」の歌と、「生きてよも」の歌とは、みごとな一対をなすいのちの歌だ。いまは、忍ぶことを知らぬ恋が多い。性の解放、恋の解放。本来尊ぶべきことを非人間的な抑圧にいやしめてきたことを思うと、「思いに忠実」をよしとできるよろこびは大きい。しかし、その一面で、すぐに満たされることへの、満たされぬ思いがあるのではないかとも思う。また、明るいところにとりだされた恋のせかいのゆえに、深く忍ばねばならぬ場合の悲しみは、いっそうするどくさびしいものであろう。

■胸にくいこむ角

牛の玉は牛王とも書かれる。老牛の内臓にできた塊からつくるという漢方の牛黄《ごおう》は、わずかの量でたちまちに心臓に利く貴重薬だ。その神秘な薬効とも関係して、牛王信仰《ごおうしんこう》の札となったらしいという説明を読んだことがある。牛王宝印を押捺《おうなつ》した牛王符をもって、諸厄災難をうち払うまじないは、平安以来いまだにつづいている。

眉間の牛の玉と、からだの牛黄とはどこかでつながっている。頭で考えるはずなのに、胸が痛む。恋とはいえない「世界や社会や芸術」への思いも、時に恋に似て、恋よりもきびしく激しいものだ。

言いたいこと、言わねばならぬと思いつめることが、言えないでくすぶる。

「しまった。言うのではなかった」

「しまった。なぜ言わなかったのか」

何をしても、力足りずにくいくいと痛む。何もできなくて、しんしんと恥入る。判断力がない。智恵がない。愛情がない。勇気がない。この牛の角は、わが額にむけて突きさすべき角だ。わが胸の谷間に突きたてるべき角だ。

もの心ついた頃から、ひよわで「死ぬ子」として育った者は、なかなか生きるための角が上手に使い難い。自らに突きさすほうが楽で、たまに対外的に使うと、とんでもない見当はずれになって自他ともに傷つける。

「これこそはわが子」と、子を抱きしめる子持ち女人への羨しさにみだれつづけた心も、ようようふっ切れた。断絶への道。人の病いと、いのち玉の緒とはまったくべつもの。若くして死すべかりし子は死なず。

今日も、未来豊かなるべき若人の、不意の訃報に悼む。

竜《たつ》の玉

■竜の実在

竜《たつ》の頸《くび》に五色《ごしき》に光る玉あり、それをとりて給へ。

なよ竹のかぐや姫は、大伴の大納言に竜の玉を希望した。この世の男とは結ばれようのない光線の象徴であるせいか、かぐや姫は困ったことをいう。「世界の男」たちを代表するらしい五人の色好みに、この世には無き物を註文していじめた。

その中に、竜の玉がはいっている。

竜が頸飾りのように、五色に輝く宝玉をその首にかけているというのだろうか。あるいは人間ののど仏に当る骨の一部に、竜は宝玉を身の内に抱いているというのだろうか。

海幸山幸《うみさちやまさち》の物語のなかで、彦火火出見尊《ひこほほでみのみこと》の子を妊った海神の女《むすめ》豊玉姫《とよたまひめ》は、子を産む時

「八尋和邇《やひろわに》（大鰐）」となった（『古事記』及び『日本書紀』の一書など）とある。しかし『書紀』の初めの一書は、「産むときに竜《たつ》に化為《な》りぬ」だ。「豊玉」が竜身をみせたとする伝承には、変化自在の竜信仰が、水や海の信仰となる一端をみせる。

竜巻は、ふしぎな渦巻きだ。水を巻き砂を巻き、まことに遠くからみると、竜が天にのぼってゆくような印象を与えられる。ものすごい旋風のエネルギーである。写真でみると、竜巻が通ったあとの町など、めちゃめちゃになっている。雲が舞いおりるそうだが、突然こんなつむじ風に襲われたら、竜の実在を信じたかもしれない。

原初の信仰は、天候や自然の存在への畏怖であろう。蛇、毒蛇、鰐、とかげなど、爬虫類への恐怖が、竜の形を創ったのか。すでにほろびた恐竜などの気味悪い実在を考えても、竜の形が途方もない想像だとのみは思えない。爬虫類を綜合してみると、たしかに竜は形を持ちうる。それに「飛ぶ」力を与えた。

いつかみた歌舞伎の「雷神不動北山桜《なるかみふどうきたやまざくら》」では、鳴神上人を誘惑した雲の絶間姫《たえまひめ》が、滝にかかったしめ縄を切り落すと、ざざざざっと大雨になる。その雨のなかを、まるでいもりのような竜が空にのぼって微笑ましかった。なるほど、封じこめてしまえるほどの小さな竜の造型だった。

竜が玉の頸飾りをしている絵は、みたことがない。けれど、四神《しじん》の青竜《せいりゅう》その他、古今の竜の図には、必ずといってよいほど玉がある。

頭の前の空間に玉が飛び、竜が玉を追うているような絵がある。また、すでにしっかり前肢に玉をつかまえているのもある。剣にぐるぐる身体をまきつけている絵も多い。がっぷりと玉をくわえているのをみた記憶もある。

爬虫類は剛鱗をもっていて、水中よりは陸上の棲息にむいている。鰐のように水辺に暮すものでも、空気を呼吸する。爬虫類が海底深く暮すのはむつかしいと思うけれど、竜にのみ、海、陸、空、至らざるなしの自在性を許したところに、雷雨や暴風雨、時化《しけ》、竜巻など、自然現象への畏怖がこもっている。

■大太鼓のひびき

新しく鼉太鼓《だだいこ》が作られていると聞いて、京の松浦太鼓店を訪れた。

鼉太鼓というのは、大太鼓とも書く。雅楽に使うもっとも大きな打楽器。装飾を凝らした大きな太鼓である。これは、雅楽とともに渡来したもの。すでに、東大寺の大仏開眼会《かいげんえ》には雅楽が演じられている。唐の散楽《さんがく》・中楽《ちゅうがく》・古楽《こがく》・高麗楽《こまがく》・度羅楽《とらがく》・林邑楽《りんゆうがく》など、アジア各地から渡来した楽舞の奉納だった。

春日《かすが》社には、直径四尺ほどの天平《てんぴょう》の鼉太鼓があるそうだ。大仏の開眼会に使われたものかともいわれる。

来迎図《らいごうず》、天人図《てんにんず》には必ず大きな鼉太鼓が据えられている。仏を慰め、仏を讃え、仏を信じる者の心を安らげる音楽。神仏習合《しんぶつしゅうごう》して、仏のためのみならず、神にも雅楽が献じられた。

燃えあがる焔の火焔文で巨大な縁がふちどられていて、鼉太鼓はまた火焔太鼓ともいう。

雅楽は平安初期に左《さ》方《かた》右《う》方《かた》にわけて編成された。左右二つの鼉太鼓がある。

左方《さほう》（中国系）の飾りは日輪で金色、太鼓をかこむ火焔の雲には双竜（雌雄か）が描かれる。胴の紋は三つ巴《どもえ》。右方（朝鮮系）の頂上飾り物は、月で銀色、火焔の雲部が鳳凰《ほうおう》で、胴の紋は二つ巴。それでなくても、太鼓の音は全身にひびきわたる。

何しろ、直径六尺五寸（一・九七メートル）もある太鼓は、どんと叩かれると、なんともいえない荘重な昂奮をよびおこす。

「天王寺にある直径八尺（二・四二メートル）の鼉太鼓なんて、どどんと叩きますと雷のようで、わらわら上から埃が落ちてくるほど、ひびきます」

「まあ、まさしく『梁塵秘抄《りょうじんひしょう》』ですのね」

一度この大太鼓のひびきをきくと、ずしんとして、わけもわからずに鼉太鼓が好きになってしまう。鼉太鼓の使われない雅楽は、どこかさびしく物足りない。

いま、松浦儀兵衛氏がつくっておられるのは、六尺五寸の太鼓だ。「全国三十軒の同業者でも、一代に一度あるかないか」といわれるほど、鼉太鼓の製作は数少ないもの。しかし儀兵衛氏は二、三回つくる機会があったらしい。元禄時代から太鼓をつくりつづけた家だそうで、先々代、先代の作品が、あちこちにのこっている。高貴な神仏の祭事や芸能を支える大切な役目だ。全国各地にそれぞれ独特の太鼓がある由。

六斎念仏《ろくさいねんぶつ》の太鼓や祇園《ぎおん》ばやしの太鼓など、京太鼓の伝統に生きる店では、立派な後継ぎの長男次男おふたりが、頼もしくもいっしょに仕事をしておられる。

直径六尺五寸でも、その太鼓にうけ台をつけ、ぐるりに火焔をとりつけると、丈十五尺（四・五五メートル）、幅十一尺（三・三三メートル）という大きさになる。儀兵衛氏が図面をひき、木材を選ぶ。これだけ大きな太鼓になると、よい木材を選ぶだけでもひと苦労だ。松、檜、火焔には桂や姫小松なども使われるとか。木地、デザイン、彫刻、下塗り、極彩色……。儀兵衛氏は七十歳くらいではないかと思われるが、柔和ななかにも仕事への熱情がほとばしる感じだ。

「建築と同じですね。設計通りにしても、原寸とできた感じとがちがう。ちゃんとたてて組みあげてみると、上の方でくいちがうことがあるんです。天気によっても、木が乾いたり、そったり、歪んだりしますし、テストがたいへんです。組んでみて、悪いところに手をいれてね。この間、組合わせをしました。ヤレヤレといったところです。古い仕事は、いまみても仕事が立派ですね。漆でも下塗りが大切です。とのこをまぜた漆を塗って、麻と石でといで、その上に塗り、また鹿の角粉で鏡をとぐように磨くといった下地のいい仕事は、びくともしていません」

大きな火焔の片方が平面に置かれて、瑞雲《ずいうん》の渦の中心がはり足されてゆく。さすがに大きく、重い。生地の木目が初々しい。この火焔が二つ、太鼓の両方からたてられて中心の上下でとめられるわけ。

昨夏、平安雅楽会の人びとが一カ月間欧州各地を巡演された。その時わざわざ持参した鼉太鼓の組立てと解体とに、たいへんな労力や神経が費されたときく。

「呼吸の合った慣れた人でないと組立てや解体は無理ですから、鼉太鼓を持つには製作費だけでなく維持費が要るわけです」

製作中のこの太鼓で、三千万円はかかるらしい。すごい。こうした苦労も、舞台に鼉太鼓が立つと消える。ダイナミックな華麗さと、深く人の心にとどろく音、リズム。渡来当時からほとんどかわらぬ雅楽のせかいとすれば、渡来以前の母国の音色だ。打楽器は絃《げん》よりも、いっそう原始的な直截の魅力をもつ。

太鼓のいのちは、音色だ。大きな胴が二つできていたが、まだ皮は張れていない。面白いことに、肉のおいしい牛ほどよい皮で、和牛の雌牛に限るそうだ。暖かい土地よりは寒い土地の牛のほうがよく、それも寒中にむろへいれて、温度をあげ、発酵させて脱毛した皮がよいという。塩づけにして保存し、薬品で脱毛した皮では、音色がでない。もっとも原始的な方法だが、処理してすぐの皮を「むろぬき」する。直径七尺の皮となると、なかなか傷がなくて質のよい品がすくない。

どこの太鼓か、直径一メートルほどの太鼓の皮が張りかけられていた。皮を張った上にたって足で踏み、均等に皮をのばすような感じで下の紐をひきしめてゆく。時折、どんと叩いてみて、またひとしきり踏み、ひきしめる。これは音感もするどく、全身に敏感なバランスのとれる人でないと、むつかしい。全身で呼吸がはかられる。皮を目利きし、充分豊かなすぐれた音色をだすように皮を張る。

牛ほど、すべてが人間の役に立ってくれる動物は少ない。丈高い皮が巻いてたてかけてある。これで鼉太鼓が張られるのであろう。どんなにやさしい牛であったか。生きていた時によい牛でなければ、このすぐれた皮はのこせないのだ。

■竜の玉

鼉とは死語に近いむつかしい文字だ。

『漢和中辞典』によると、「鰐の一。とかげのような形で長さ三メートル余り、よろいのような堅い皮を持つ動物」「鼉鼓」は「鼉の皮を張った太鼓。一説に鼓の音。鼉の鳴く声に似るとした」

『世界大百科事典』（平凡社）では「鼉は竜をさし、左方の火焔太鼓の雲形板の中に二匹の竜を描いてあるのでこの名がある」と記載されている。

鼉を竜のことだと明確に書かれたのは、何か出典があるのだろうか。なるほど「鰐の一」「鼉は竜」などと合わせてみると、記紀の描く豊玉姫は、鰐でもあり竜でもあって、矛盾がない。その場合、鼉の皮で太鼓を張るのは無理だろう。鰐皮はハンドバッグや鞄には素敵だけれど、音楽には不むきな皮と思われる。むしろ「雷神竜神」の声から、その音色とむすびつけられる。

元来左右一対在るべき鼉太鼓を、一個の裏表に竜と鳳凰とを刻んで兼用しているものがあった。唐招提寺《とうしょうだいじ》にのこる大型の縁である。これは『奈良六大寺大観』（岩波書店）で、鎌倉時代初期の作だと説明されている。やや鋭角な三角のシルエットをもつ縁で、竜も鳳凰も、太鼓の胴をぐるっと巻いて下部までのびている。大柄で強い。

この双竜が向い合って、かっと開いた口からぷうっと雲を吹きあげていた。その吹きあげたのが、小さな竜巻かもしれぬ。蓮座にのった三辺宝珠《さんぺんほうじゅ》が、火焔雲噴出《かえんうんふんしゅつ》の上にボールのように浮いている。

「なぜ火焔でふちどるのかしら」とたずねた時、「双竜が口から火を吹いている図の鼉太鼓があるのですよ」と教えられた。そしてこの唐招提寺の縁の写真をみせてもらって感動したのだ。

けれど、さて唐招提寺を訪れて、遠藤証円《しょうえん》氏に新宝蔵の実物をみせてもらうと、火のようにみえたのは雲だった。竜の吐いた火がふちの火焔になると、いっそうすごみがあるのだけれど、これは雲気《うんき》を吐いている。

寺にはもうひとつ、鎌倉時代後期といわれる、やや小型の縁がのこっている。これは裏には何もない。小型の火焔のシルエットは、大型のに比べると、ややややわらかなまろみと繊細な線をもっている。竜の胴がつちのこのように割に短く、しっぽがきりきりと巻いて、鼓胴《こどう》の中央（全体の下部三分の一）くらいのところを後脚が、がきっとつかまえている。そして、この竜も向い合って、火のように勢よく雲をはいている。その上に、やはり蓮座火焔付の三つの宝珠がある。

この頃の竜は、左右の口が阿吽《あうん》になったり、ただ雲の上に装飾的に描かれたりしていて、生気に乏しい。それからみると、雌雄か友人かは知らないが、双竜が能動的に雲を吐き、雲を創り、雲気を動かしているのは、迫力があって美しい。

小型の縁の竜は短いが、それなりに力がある。竜のいない下部を、品のいい雲の文様が埋めている。中央の円の連珠文が、ひとつひとつ手でこねたようにふくらんでいる。これは後補の部分が多いようだけれど、よくできている。

竜の玉は、ふきあげられたこの三つの宝珠ということになるのだろうか。いや、大型縁の竜の前脚には、しっかりと玉が握られている。つまり玉をみせる形で手が描かれている。これとは反対に、小型の方の竜には玉がみえない。手の甲が描かれている。指は開いていないから、見えないけれども、玉は持っている意なのかもしれない。

竜は首の五色の玉と同じものかどうかは知らないが、つねに玉を追い、玉を持つ。その玉は如意宝珠《にょいほうじゅ》とされている。まるで如意輪《にょいりん》観世音のように。地蔵菩薩のように。彦火火出見尊が海宮《わたつみのみや》で海神からもらった潮満瓊《しおみつたま》、潮涸瓊《しおひのたま》のように。

如意宝珠は摩尼《まに》ともいい、悪を去り、濁水を澄ませ、炎熱を去る功徳があるという。人間が「こうであったらどんなにいいだろう」「あれがほしい」などと思うその願いを、思うがままに叶える力を蔵している宝物として考えられている。宝物も、衣裳も、ごちそうも、まるで打ち出の小槌《こづち》のようにふりだしてくれ、精神的な悩みをも吸収してくれるはず……。

かぐや姫は、この竜の宝物を奪おうと考えた。いったい何を宝珠に願いたかったのか。五色に輝く玉を、髪や胸に飾ろうと思っただけなのか。美貌に照り輝くかぐや姫には、飾り玉は要らなかったろうに。

■竜の鼓動

わたしに、もし竜の玉が与えられたらどうしよう。それこそ潮満たしあふれさせて世界の海を浄化させたい。「この底に竜宮があるといわれても、そうだろうと思う」透き通った清い沖縄の海を守りたい。

昔は竜の住む淵といわれた青い深淵に、いまは泥色の波がのたうつ。「濁水を澄ませ」る如意宝珠を、理性の名において得たいものだ。

竜神は荒御魂《あらみたま》だ。和御魂《にぎみたま》のみでは生きてゆけない。和魂によって荒魂を活かす。荒魂が和魂を活かす。竜のふきあげる雲の上の、三つの宝珠はそも何の玉だろう。これもやはり如意宝珠であろうか。

部分がばらばらに在る店内に、今度できる太鼓の宝珠が下塗りされていた。この三つ玉は、まんまるではなく、ひとつひとつが火焔状に先きの細くなった玉である。蓮座は無い。いわゆる宝珠型というのが、こういう形だ。そう気づくと、この焔型の玉が多い。

ところが、唐招提寺の縁は大小二つともに、三つの玉はまんまるである。当然まるい玉であるべきものだが。いつごろから、こうした玉の形の変化が起るのか。また、三つという数が、いつごろからできたのか。平家納経を納めた美々しい経箱、金銀装雲竜文《うんりゅうもん》銅製経箱の蓋の玉は一顆《か》だ。この蓋にも双竜が火焔のように激しく雲をふきあげているが、その上にひとつの玉が、五輪塔のような形の笠や台、それに蓮座に守られて浮かんでいる。死後の供養を意味する玉（霊）の意であろうか。

ふと、あの焔型の三つの宝珠は、三宝荒神《さんぽうこうじん》の宝珠だと思う。荒神信仰は火の信仰で、これは不浄を許さぬ激しい火の神だ。水神、火神、ともにきびしい。荒神は神道の神ではなく、仏法僧の守護神とされた。それに火焔のゆかりからか、不動信仰も重なったようだ。火焔型の玉を三つ、さらに火焔が包んでいる荒神宝珠。

そしてまた、鼉太鼓全体が火焔型の宝珠であることを思う。火焔太鼓と名をきけば、ふと地獄の火焔が思われもするが、まことは太鼓そのものが宝珠なのであった。まるい太鼓が玉の芯に当る。

どどんとためし叩きの音が鳴る。

「すこし音がでてきたようですな」

松浦儀兵衛氏は小首をかしげるようにしていわれた。この音のなかに生まれ、働き、新しい音を創りつづけてきたお人。辞しかけていた足をもどして、また太鼓のそばにゆく。いたしかたもないことではあるが、唐招提寺の古きゆかりは縁だけで太鼓はなかった。太鼓の音が竜の鼓動だ。

風船玉

■嵐は嵐でも

桜やや蕾《つぼみ》ふくらむ。そこへ春雪、春嵐《しゅんらん》、相つづく。不安定な弥生《やよい》の気象図だ。

骨細な家を揺り動かせて吹く嵐。激しい雨音に目ざめている。そして心も嵐。すさぶ嵐。消え消えの良心をかきたててみるのだが、なんとも情けない。わかりきったことに、いまさら気が荒れている。

起きいでて、雪洞《ぼんぼり》の灯に暗く浮きあがる雛《ひな》の前にゆく。昔、昔、やはり春嵐に眠れぬわたしが、深夜ひとりで雛の前にいた記憶がある。あれは娘の時だったか。人の妻だったころか。あるいは、ひとりになって社会にではじめたころであったたか。

そうだ。まだ九つか十の子どものころにも、雪洞の灯に映える雛の面に見入って、あくがれわたった夜が幾夜かあった。長い歳月の折り折りの春嵐に、同じようにひとりで深夜の雛とむかい合ってきたわけだ。

お伽話のような幻想にふけった幼な心、未来への夢を重ねた娘心。女としての生身《なまみ》を自覚した妻の心、恋の思いにやつれた女心……。

嵐は嵐でも、夢があり、愛があり、恋があり、血のうずきがあった。女心の嵐が、外の面に吹き荒れる嵐と重なって、春愁とも春怨ともいいたいような余情を曳《ひ》いていた。嵐をおそれながら、嵐を期待していた。嵐から逃れたいのに、嵐にひきいれられたくもあるのだった。もうこりごり。

紙風船をふくらまして、ぽんとつく。ぱりぱりふくらんだ風船玉で遊んでいると、紙がすこしへこんだり、歪んだりしてくる。けれどもそのままついていると、手の当たりようで空気がはいるのか、またふくらんできもする。おとなの呼吸だから、ほぼ同じように淡々とつくことができるのだが、何彼と心に思いつづけている動きが、ひょいと外にでるのだろうか、思いがけない角度に飛んでしまうこともある。

■みつけた紙風船

この紙風船をみつけた時はうれしかった。一年前、先島《さきしま》の小さな人たちに送ろうと思って、デパートの玩具売場を探した時、形も色も紙風船に似ているビニールの風船しか見当らなかった。木の積木には握っただけでもあたたかな木のはだが感じられ、紙風船には紙独特の手あたりがある。素材がちがうと魅力がちがう。

今度も、たずねたデパートには見当らなかった。

「紙風船は置いてませんので」

「まあ、どうしてですの」

「どうして」などときく者は変人めくようだ。

「どうしてって。マージンがすくないからですよ。需要もありませんし、売場は狭いし。もっと利潤の上るものを扱いますからね」

ひょっとしたらと思って、南座《みなみざ》横のあやき玩具店に寄ってみた。あった。売れのこりの紙風船が四、五枚。これはビニールをひかない「ほんまの紙風船」である。

うれしくて店先ですぐ、ぷっとふくらました。そのまま胸に抱いて、近くの知人の店にはいる。挨拶がわりに風船をうちあげたら、店の主が笑ってつき返してくれる。そうしてしばらく遊んだ。

人情紙風船。だが、紙風船をつくる人の人情は濃いのではないか。いったいどこで、どんなふうにしてこの紙風船がつくられているのかしら。

マージンの少ない風船、この直径十八センチの風船が一個四十円、十三センチのが二十円。その半額が元値とすれば、紙代もあろう、裁断やのりの手間もあろう、いくばくの手間賃となるのであろうか。この八枚の紙の曲線と曲線とは、どういう方法で張り合わされるのか……などと思っていると、胸があつくなってくる。この紙ばかりは、ちゃんと張り合わされていなければ、いくら息をふき入れてもふくらまない。熟練の手が要る。

すこしでも「マージン」の高いものの方に人手が流れる。むくわれようの少ないこの地味な仕事が、古来どのように多くの幼なき者をよろこばせてきたことであろうか。いまでこそ他に多くの気のまぎれるものがある。それでも幼いてのひらに、この紙風船をつく感触はのこしておきたい。

あやきの女主《おんなあるじ》綾さんに、玩具問屋の田村栄商店へ連れていってもらった。綾さんの亡きご主人は鳴子《なるこ》こけしの熱愛者で、民衆の作品を大切にしてきた人だ。そういう人だけに、昔からの玩具は、とりわけ大事に守るようにされた。

「古風な玩具がのこると、あやきさんに持っていっておきました」

と、田村博也《ひろや》氏のお話だった。博也氏は敗戦後、大阪で仕入れた紙風船の包みに、埼玉県行田市《ぎょうだ》という発送先きが書き入れてあるのをみて、現地まで行ったことがあるそうだ。

行田は、足袋《たび》の産地として知られていたが、きものの需要が少なくなり、足袋の生産が減って、農家での玩具の内職が多くなっていた。鯉のぼりや、いろはがるたの紙張りとともに、紙風船も張っていたという。曲線をもたして裁断したパラフィン紙を棒に巻いて、くるくると、もどしながら張り合わしていくのだそうだ。のりも手づくりののり。こののりは虫がつくので、製品をためておくことができない。

いつか、からかさづくりの分業の仕事をみせてもらったことがあるが、農家の内職に、おとしよりの手で紙風船の張られていく情景が目にみえるような気がした。いわば下うけの下うけ。零細な内職である。

以前は、もっともっと小さい風船から、ひとりの子の手には余るほど大きな風船まで、何段階もの大きさの風船があった。紙の質も、もっと良いのがあったように思う。ふくらませると、その風船の中の空間に、紙吹雪《かみふぶき》や鈴がいれられていて、ひらひら中で散る美しいくふうのものもあった。いまは大きい風船は、ほとんど作られていない。大きくなると、紙を型でぬくのが高くつくのと、枚数がふえてむつかしくなる。ロスがでるので、手頃なものに限られているという。

埼玉までたずねていきたいところだ。埼玉のみではなく、他の土地でも風船仕事がおこなわれているかもしれない。実際に風船を張る手をまぶたに想像して、厚く感謝するだけだ。

東京蔵前《くらまえ》にある玩具会館へゆけば、紙風船の歴史や現状が正確に把握できるだろう。だいたい紙風船は、そう古い時代から在ったものではないらしい。全国を行商してまわった富山の薬売りさんが、箱型の風船をつくって、行く家々の子どもたちに愛想していたものだと田村氏にうかがった。

そういえば角風船があった。薄い紙を張り合わせて、一カ所に小さな穴をあけておき、そこから息を吹きいれてふくらます、それを空間につきあげて遊ぶことを思いついた人の心。角風船を丸くした人の着想も面白い。

床につく手まりは弾んでたのしいが、空間からふわっと舞いおりてくる風船には、まりとちがったうれしさがある。おりてくる風船をうけて、てのひらをさしだす。風に流れ、よこにそれる風船を追うのは、夢追いにひとしい。

■作品の力と味

紙風船がこんなにうれしいのは、わたしひとりではなかった。大阪のようび工芸店で、風船模様の色絵向付《むこうづけ》をみた。九谷焼《くたにやき》だが、単純な風船玉の色わけが明るく愛らしい。そして、新鮮な作品なのに、古色が感じられる。小ぢんまりとした形ながら大胆な風船の向付は、須田菁華《せいか》氏の作品であった。菁華窯は登り窯で、昔の赤絵や呉須《ごす》の絵具を使っておられるとか。はなやかな色だが、深い奥行をもつ色で、よい味がでている。しっとりとした手ざわりをもち、軽い。また、三つに折りたたんだ風船の形の箸置が美しい。

「紙風船の模様の色絵なんてはじめてみましたわ。作者は、どういうことでこの作品をお作りになったのでしょう」

とたずねる。

「別に何でもなく、そのあたりにあった風船玉をみて思いついて作られたらしいのです。別に、何かの写しではなく、たのしい思いつきの作品だそうです」

ようびの店主真木《まき》啓子さんは、「用」こそ「美」であるという信念の持主だ。

「あまりよい仕事でなくても、ちょっとお茶碗をひねったら、お茶のせかいで高く売れる時代でしょう。日用食器とは比較になりません。だからみなさん、すぐに美術や茶のせかいに走ってしまわれて、日々に使う大切な日用食器がおろそかにされます。よいお仕事をなさる先生がたに、『どうぞお茶にいかずに、日用の雑器を作ってくださいませ、どうぞどうぞ』ってお願いしているんです」

といわれる。ひとつひとつに、ひねった土の生気がある。価の高さにおどろいたけれど、いわれてみれば、茶道具のせかいよりは健康だ。

電気釜が普及して、たしかに便利である。損じものが少なくなり、きれいに焼ける。すばらしいことだ。ところが、そういう時代でさえ、一般に出廻っている陶器には、陶器らしき顔ではあるが「土ではないような」器が多い。いちいち手で絵付をしていては手間がかかるからか、浅い捺染《なっせん》絵。

かつては安物できこえた「くらわんか」皿や、大量に作られていたそばぢょこの、胸にしみいる美しさ。

いまは欠けたそばぢょこでも、おどろくばかりの高価となってきた。電気釜での作品でさえ、手びねり手描きの作品は、現在の庶民の消耗用には高すぎる。ずいぶん「美しもの好き」の家で、器がほとんどプラスチック製品なのを、みかけたこともあった。

ましで、登り窯となればたいへんだ。

かつて京の五条坂は登り窯の陶里としてきこえていたが、「公害」となって、その炎はほとんど消え終った。先日、河井寛次郎記念館をはじめて訪い、保存されている登り窯の前にたった。

独特の形・色・絵。ダイナミックな感動をよぶ数々のみごとな作品が、この窯にいれられ、炎に焼かれて誕生したのだ。素焼用の窯と、仕上げの登り窯。閉館直前の静けさと冷え募る春寒とに、なにか厳粛な思いであった。

登り窯の灼熱の炎と煙りを通った焼物には、なんともいえない力と味がこもっているように思う。小さな風船の鉢にも、おのずからな古色がみえるからか、

「これは古いものですか」

ときかれる。九谷焼というだけで、すぐに連想する九谷のイメージ。そのイメージからみると、思い切ったデザインだ。古い作品に、たいそう新鮮な図柄の作がある。けれど風船は知らない。風船そのものの素直な写生であるそうだが、愛らしい中に風格がある。のちの世までも使われればよい。しかし、紙風船がいつか破れるように、この器もいつかは割れるだろう。

■心の嵐は

人びとは気が荒れると、どのようにして「うっぷん」を晴らされるのか。いつか、心に余る訴えをもって、たずねてこられた女性があった。古代紫の地色に、いちめんに小蝶飛ぶ柄の道中着《どうちゅうぎ》が、よく似合われた。けれど、対い合って坐ると、その真紅に充血したうらみがましい目が気になった。このお目では、さぞつらかろう。ご本人も、はたの者も。

わずかな時間しかなくて、手短かにうかがった様子では、愛しがって育てた息子さんが、自分のそばから離れておられるさびしさが大きいようだった。こんなふうにひとことで言えば、まちがいになってしまう。微妙な事情がひそんでいるのだろうが、わたくしには「感謝していいこと」と思われることがらが、みんな「腹の立つこと、許せないこと」になっているようだった。

息子さんが自分のそばから巣立たれるのは祝福すべきこと、よりよき資格を得ようとして、何度も受験する意欲をもつ息子さんの努力を、はげましてあげたいこと、息子さんに生活をみてもらわずにすむ幸福を、よろこびたいこと、自分の好きな趣味や仕事に熱中しようと思えば、できる自由を生かしたいこと……。

わたしは子どもを持たないから、そんなつっぱなしたことがいえるのかもわからない。

いっしょに暮したいと願って育ててきた息子が、自分との生活よりも、気の合う先輩との生活を望んだ時、素直にうなずくことができるかどうか。自分の好もしく思えない女性と息子が結ばれるのに、微笑して祝福することができるかどうか。

いかに心をつくして話しても、それがよいとは限らない。理解されるとは限らない。役に立つとは限らない。その人自身がその気にならなければ、万言は空に消える。かえって、傷つく。言ったほうも、言われたほうもつらい。

「うちの息子をあの人が奪った」「母のそばにいたらよいのに、なんでそんなに勉強ばかりするのか」「ひとりで大きくなったような顔で、母をうるさがる恩知らず」などと、思えば思うほど心がみだれよう。夫を先立てた女人にとっての息子は、天にも地にもかえがたい、いのちの綱なのだ。

うらみつもった目の悲しさ。この目から解放される方法はないか。理屈は承知しても、感情が理屈通りにさばけないのだ。息子は母のそばを離れることができるが、母は自分のこの目から離れることはできない。

心の嵐は、時が経っても納まらぬことがある。つらい、くやしい、ねたましい……、けれど息をつめてがまんしていたら、いつかはその嵐が通り過ぎるかもしれぬ。通り過ぎ、遠ざかる嵐もあるが、なおなお募りくる嵐もある。

「よくまあ、そんな苦しい時も仕事ができましたね」

と、ねぎらってくださった知人のやさしさを思いだす。仕事があったから、苦しい嵐に耐えられたのだ。仕事を放擲《ほうてき》して甘えることのできないきびしい環境が、強さとなった。気が荒れても、心に嵐が吹きすさんでも、お皿一枚割りはしない。お酒を飲んで大声をあげることもない。あわれといえばあわれな性《さが》であるが、そんなことをしたところで、いっこうに気が納まらないからだ。

「ほんまの紙風船」をはじめて手にする幼い人たちは、風船の下降に合わせて、うまく手をあげることができない。ほんのすこし拍子がはずれると、もたもたと風船が落ちる。あんなふうに、みすみすリズムを合わせられない風船とのであいが、わたくしにもあったはずだ。

けんめいに合わしているのに、タイミングのはずれる間の悪さ。あの小さな手が紙風船を破らず、つぶさずに、そっと支えられるようになるのは、うちあげるリズムの呼吸が会得できてからだ。知識でできることではない。身をもって覚えなければできない。こうした遊びのなかで新しい力が生まれてゆく。

新しい力が加速度的に加わってゆく幼い人は輝かしい。若さは美しい。だが、やがて、加速度的に力をうしなう時がくる。覚悟を極め口をむすんで、嵐の中を積極的につき進んだのも今は昔。制し切れぬ気の荒れを、どうしようもない。身内にも友人にも心の嵐を告げないで、耐えてきたわたしは、人間を信頼したことがないのではないか。自分は信頼できぬと信じているところがある。

春嵐は町全体をゆるがせる。信じられる存在をもつ人は、安らかであろう。宗教は自己不信、人間不信の者を救うために在る。人間を超越する大いなるものがみちみちていることとは、科学的な理解として実感できる。思想としての宗教も尊い。だが、いかなる尊き神仏も、宗教も、政治的に動くところから歪められる。

貧しき者、苦しめる者を棄てて権力につく神よりは、紙風船のほうが神に近い。

玉砕

■空々白々なる静寂

玉砕《ぎょくさい》、玉摧《ぎょくさい》。

玉砕という言葉は、本来「大丈夫《だいじょうふ》」たる男のために使われた言葉だ。

大丈夫寧可㆓玉砕㆒、何能瓦全。（北斉書元景安伝）

ところが、娘時代に戦争を経験したわたしには、「サイパン」がまず胸にくる。「ますらお」ではない一般住民に、玉砕を強いた戦争。戦局に敗色が濃くなり、はじめて玉砕が報じられた時のショックが大きかったからか。

当時、日本軍が進撃した各地で、どのように悲惨な非戦闘員虐殺をしたのか、その真相はなにもしらなかった。各地の住民の不幸を考えもしない思考の欠落者であった。女人や小さな子どもたちが、サイパンの崖から海にとびこんで死んだという報道。敗戦を美化するかのような、覚悟を強いるかのような、玉砕報道であった。

敗戦を告げる放送をきくと、戦争で亡くなった人びとのいのちの重さが、「どっと」という感じで胸をしめつけた。

晴れわたった八月十五日。泉北《せんぼく》の伽羅橋《きゃらばし》の小居から、従妹と二人で海辺にでた。この日の黄昏《たそがれ》に見た夕日と、夕茜《ゆうあかね》の鮮かさ。壮麗な入日が、水平線に没したあと、家に戻ろうとしてふりかえると、望《もち》のような月がでていた。明るい月だった。

「この海につづく南の島々……」

おそらく、その夕方、あちこちから浜辺に寄ってきた人びとの心には、海の彼方とこの島国との運命が、深く重く思われていたのにちがいない。それまでは、連日の空襲下に死を覚悟の日々であった。家をでて散歩するような余裕はなかった。突然の敗戦にみんな、呆然としていた。無口であった。浜辺に長くつづく堤防の上に坐って、夕茜に燃える海に見入っていた。

気がつくと、従妹がわたしの浴衣《ゆかた》の袖をつかまえていた。家を出る時、母が気をつけてほしいと頼んだらしかった。

「勝利か玉砕か」それ以外には道がないものとして、国民は必死に暮していた。空襲で家を焼かれて、たださえ乏しい物を大量に失った時も、むしろ、さわやかだと思ったほど、明るく耐えて生きていた。兄はすでに戦死し、沖縄に配置された許婚者《いいなずけ》の安否はわからなかった。互いの死を予感しながらの婚約であっただけに、母は敗戦の日に、わたしが自らいのちを断つのではないかと、案じたのだ。

あんなに静かな時間は、あとにもさきにもなかったと思う。それまで肩で風を切って歩いていた軍人の肩が落ちた。脅迫めいた叱咤激励が、どこからもきこえなくなった。空々白々なる静寂。寂寥《せきりょう》無量。

わたしは生涯の大切な際に、いつも出処進退を錯誤し歪めてきたような気がする。「ひょっとしたら」につられて、死に損じた者は、やがて公報がはいった時は死ぬ気をなくしていた。けろけろとして生きた。『堕落論』（坂口安吾著）に正体をあばかれている。「堕ちよ」と、いわれなくても堕ちる。堕ちた。「瓦壊《がかい》」である。

■百済の瓦

四月中旬、三条高倉の平安博物館（現・京都文化博物館）で、扶余《プヨ》文化院の李夕湖《りせきこ》院長の「百済古瓦拓本美術展《くだらこがわらたくほん》」がひらかれた。会場の入口近くに、丈五メートルという長大な拓本の軸があった。上部に使われている瓦は、直径五センチほどにみえる小ささ。百の瓦《が》影《えい》が、まるで花を散らすように、風になびくように、下方にむかってリズミカルに置かれている。だんだん大型になった瓦影は、裾の部分で直径二十センチもあるような大型のものとなり、最下部には半影が層をなして重なる。

落下岩。百済百瓦《くだらひゃくが》。


そばの説明には、ただその文字があるだけである。

何年か前、わたしは百済の歌をきいた。

それは、百済がほろびる時、宮中の美女三千人が、白馬江《ペンマガン》にのぞんで、そそりたつ岩頭から、次つぎと流れに身を投げて死んだという物語であった。

「世界中で、いちばんたくさん百済の瓦を持っているのは、わたしです」

李夕湖氏は一二〇種類、千点をこえる百済の古瓦を集めておられる。落花岩の一軸におされているいちばん小さな瓦は、王宮の址《あと》から出土したもの。宮内の小龕堂《しょうがんどう》のものではないかとのこと。また下部にみえる大きな瓦は、一三五〇年前の王興寺《おうこうじ》の蓮花八弁で、中央に釘穴がある。巴様《ともえよう》の線のは、百済だけにみられるもので、多分、僧房など施設の堂に使われたものでしょうと説明された。

会場でであった知人から、「百済に仏教が伝来したのはいつ頃でしょう」ときかれた。日本への仏教は、欽明《きんめい》天皇の十三年（五五二年）に、百済の聖明王より釈迦金銅仏一体、幡蓋《ばんがい》、経巻などがおくられたとするのが『日本書紀』の伝えである。

だが、今日では、五三八年とする説のほうが有力だ。もとより公伝までに、多くの渡来人によって私の信仰として伝えられ、個人の家に持仏《じぶつ》があったと想像される。なるほど、その百済にいつごろ仏教が伝わったのか、わたしも知りたい。

『朝鮮の歴史』（朝鮮史研究会編）によると、

「第十五代枕流《チンル》王のとき、三八四年西域の僧摩羅難陁《マラナンダ》が晋をへて百済に仏教を伝えた。翌年には漢山に仏寺が建立された。その後第十七代阿莘《アシン》王のときに、王は仏教の興隆をはかった。このように百済は積極的に中国文化を摂取し、新しい観念体系を百済社会に広めようとした」

とある。百済に受容されてから日本に渡るまで、一五〇年以上もたつ。百済国内で充分に発酵し成熟した仏教が、日本にもたらされたことがわかる。日本初の尼僧善信尼《ぜんしんに》をはじめ、百済への留学が僧尼の希望だった。

聖明王時代に、現在の扶余（泗沘《サビ》）に都を遷した。李夕湖氏は、公州両班《コンジュヤンバン》の家系だそうだが、百済後期の都扶余に住まれて二十年。それも偶然か必然か、一三〇〇年昔の王宮の址に当る場所だという。同じ朝鮮のなかでも、高句麗や新羅の文化と、百済の文化はちがう。

「百済はやさしいんです。まるいんです。気品が高いんです」

そのやわらかさを知らなくては、百済文化の美がわからないと力説される。溶けるようなやさしさ、やわらかさ、まろさ。すべて直線的なきつさを嫌って、曲線を尊ぶのが百済なのだという。

六六〇年、唐・新羅連合軍によって百済はほろぼされてしまった。復興をめざす鬼室福《クイシルボク》信《シン》らがたたかった。福信の依頼によって、日本に人質とされていた扶余豊璋を百済にかえし、中大兄皇子《なかのおおえのおうじ》は「百済救援」として出兵する。

老女帝斉明《さいめい》天皇が九州にまで出陣、しかし、豊璋が福信を殺して百済内部が崩壊した。そして、出兵した日本軍は、扶余を通る白馬江の下流白村江《ペクチョンガン》で、唐・新羅の水軍に、決定的に大敗する。

■あわれ落花岩

落花岩の故事は、六六〇年の百済王国滅亡に際する伝承である。唐の将軍蘇定方《そていほう》、新羅の名臣金庾信《キムユシン》が、水陸両面から百済を攻めた。百済では堦伯《ケベク》将軍が「一当千」の五千の士をもってたたかった。

堦伯将軍は、妻子や奴婢が生きて辱かしめられることをおそれて、「遂尽殺之」。進退四合にわたってたたかったが、ついに力屈して死んだ（『三国史記』）。

義慈王《ぎじおう》は、即位後は酒色にふけって政治をなおざりにして、忠臣の極諌《きょっかん》をもききいれなかったという。『三国遺事』には樹が人が哭くように鳴いたり、井戸の水が血の色をしたり、その他数々の不吉な現象がおこったと記されている。一人の鬼が宮中にはいって「百済亡。百済亡」と、大声で叫んだともある。

そのような、いわば不徳の王によってほろびた百済。歌詞の「宮女三千」は中国ふうの形容であろう。『百済古記』を引用して、義慈王後宮《こうきゅう》の宮人たちが手をたずさえて身を投げた巨岩を、堕死岩といわれたとも書かれている。落下台、大王浦などともいう落花岩は、絶景のひとつであるらしい。

「花びらのように散る宮女を瓦で表現したのです。落花岩は美しいところで、いまも真紅の岩つつじが点々と咲きだします」

その宮女たちが、絶壁の岩上から次つぎと飛びおりた心情には、馴れ親しんだ王宮の生活が破壊された悲哀、荒々しい敵に辱かしめられるかもしれぬ恐怖、そして、堦伯将軍が一家を殺した先例などが、こもごもに交錯したのではないか。

玉砕を、瓦影《がえい》で表現したこころみは、胸をうった。わたしはこの会場にくるまで、「拓本か」という気がどこかにあったことを認めずにはいられない。拓本の史料的価値の高さは知っているけれど、それを「美術」とは考えていなかった。

だが、「美術展」と名のられるだけあって、この一室に所せましと展観されている拓本は、どれもこれも心こもる瓦影であり、美術としての香気があった。単純にして深味のある百済の紋様。まろく美しい紋様は、また勁《つよ》い力を備えていた。

ひとつひとつの瓦を拓本にとる時の氏の手つきが想像される。それは、どのようにか愛にみちた愛撫の作業なのにちがいない。瓦歴譜にも、瑞山磨崖仏《ずいざんまがいぶつ》の仏顔にも、文字入瓦《もじにゅうが》にも、きつすぎない典雅な影がみられた。技術というよりは、心の作業であることがよくわかって、感動せずにはいられなかった。

百済百瓦。百人の美女にも似た百瓦は、さんさんと散る。淡雅な人、艶麗の人、清艶の人、清楚の人……。そして一様の墨つきでは奥行きに欠けるとして、瓦を裏から採ったという影が、灰かな薄墨色ににじんでいる。瓦影がさらに影を曳いている感じだ。

これらの古瓦は、たとえ瓦壊の一片でも、玉《ぎょく》よりも玉《ぎょく》。古代の文化や歴史を端的に示す貴重な証しだ。李氏秘蔵の百済古瓦の気品ある形や紋様に魅せられ、その影に託された落花玉砕の女人像を思う。

悲惨な女子どもの死が、玉砕という表現で飾られはじめたサイパンの死の真実は、石垣りん氏の有名な詩によって、言葉の拓本とされた。

崖

戦争の終り、

サイパン島の崖の上から
次々に身を投げた女たち。

美徳やら義理やら体裁やら
何やら。
火だの男だのに追いつめられて。

とばなければならないからとびこんだ。
ゆき場のないゆき場所。
（崖はいつも女をまっさかさまにする）

それがねえ
まだ一人も海にとどかないのだ。
十五年もたつというのに
どうしたんだろう。

あの、
女。

いつか当時の記録映画でみた、投身の女人の実影が重なる。あの、女。それはわたしの運命だったかもしれないのに。わたしがあの女でなかったのは、勇気がなかったからか。裏切ったのか。運命に対する好奇心がありすぎたのか。

死に損じて生きるわたしは、いまなお「し損じ」通している。美徳やら義理やら体裁やら、男だの火だの。そんなものによりも、強いられた死を許さぬ「まだ海に届かない」同性の魂に、うしろめたい。いかに美化されようと「玉砕」思想はもういやだ。われ、玉として砕けむよりも、瓦壊をおそれぬ瓦として生きたし……。

■**復興への希求**

李夕湖氏は、枚方《ひらかた》生まれの京都育ちだそうだ。父の代に没落して日本にきた赤貧のなかで北白川小学校に入学したとか。ある大雪の朝、手袋もオーバーもない貧しさに、いっしょに通う姉さんの服のポケットに手をいれ、肩を寄せ合って登校した。校門の前でフランス人形のように美しい同級生の女の子に、ばったりであった。みんなのあこがれの少女にであった幼き男の子の胸のときめき。

その時、女の子は姉弟の方をじろりとみて「朝鮮人」と叫んだ。その侮蔑は、男の子の全身をつきさした。四十年前のこの時の女の子の表情は、いまも記憶にのこっているという。

「寒い冬に受ける傷は痛いんです」

どうして朝鮮人がこんなに白眼視されるのだ。なぜ朝鮮人が、こんな思いをしなければならないのだ。

北白川から移った修学院小学校で六年生の時、先生からはじめて百済の話をきいた。

「日本の文化のふるさとは百済。みんな百済から教えられ伝えられたものです」

ぱっと目の前が明るくなった。李少年にとって、まさに啓示であった。百済発見、自己発見。野球の仲間にはいって遊ぼうとすると、「朝鮮！」と差別、侮辱の言葉が投げつけられた。いつもなら心臆して気が滅入るのに、この日の彼はちがっていた。

「おれは百済人だ！　さっきの先生の話を何ときいたのか！」

悪意にみちた侮蔑迫害のなかで、身にしみてつらい貧困のなかで、少年は図書室で百済を調べたという。「これだ」日本人は尻尾をまく。その一生を百済文化に捧げる李夕湖氏の、百済とのであいに、日本人の朝鮮人迫害が濃く影を落している。

「心配していましたが、京都での理解は早いですね。これも桓武《かんむ》天皇の縁でしょうか」

突然、京に遷都した桓武天皇の名がだされた。そうだった。桓武天皇の生母高野新笠《たかぬのにいかさ》は、百済武寧《ぶねい》王の子を出自とする和《やまとのおとつぐ》乙継の女である。

「其の百済の遠つ祖都慕《おやとぼ》王は、河伯《かはく》の女が日精《にっせい》に感じて生んだ」と『続日本紀《しょくにほんぎ》』に記されている。朝鮮の神話に飾られた系譜である。

崇峻《すしゅん》天皇元年（五八八年）、百済国から舎利や僧たちとともに、寺工《てらだくみ》や鑪盤《ろばん》博士、画工などが渡ってきた（『日本書紀』）とされている。

その中に瓦博士として、麻奈文奴《まなもんぬ》・陽貴文《ようきもん》・㥄貴文《りょうきもん》・昔麻帝弥《しゃくまたいみ》の四名の名がみえる。板蓋の掘立小屋形式だった建物が、瓦葺になるには高度な瓦焼の技術が要った。瓦博士を迎えて建てられた飛鳥寺の瓦が、百済古瓦とまちがうほど似通っているのも当然のことだ。飛鳥は渡来者の住宅が多く、渡来仏教文化の初々しい感動に培われた旧都だ。扶余の面影を彷彿とさせるたたずまいだったのではないか。

一九四五年八月十五日。われわれの敗戦の日は、朝鮮全土が日本の植民地という苛酷な束縛から解放された日であった。

韓国には、壬辰《じんしん》の倭乱（秀吉侵攻）の際、ひとりの妓女が、日本の武将を南江ほとりの岩上にもてなして酒を飲ませ、ともに投身したという伝承がある。この論介《ろんかい》という美女は、銀の指輪を双の手の五指全部にはめて、侵略軍の大将の首に手をまわした由。かっちりと組み合わされた手は指輪が鍵となって、ふりほどこうとしても離れなかったという。この落花は敵の最高指導者を抱きこんで散ったのだ。

文化は受けるが、その祖の国を差別する日本。収奪と迫害をくりかえすこの国の姿勢が、わが背骨にしみついているようで、うそ寒い。

李夕湖氏は、「解放」された故郷へ「百済文化を研究しなくてはいられぬ」熱愛と使命感に燃えて帰国。貧しい生活のなかから、立派に百済文化復興への希求を果してこられた。瓦影のなかに、しゃれた忍冬《すいかずら》模様の箱塼《はこせん》があった。

きびしい冬を、霜にまっ紅に染まりながら葉を落さずに耐え忍び、五月には、金銀の花を咲かせて佳香を放つという忍冬の木。男瓦に蓮、女瓦に忍冬と、その紋様が百済人の魂の花でもあったと。

落花岩から宮女たちが散り急いだ百済終末の日も、黙って日に輝いていたであろうみごとな古瓦の影である。

勾玉
まが
たま

■玉の由来

丰　王

玉は古くは王と書いたとか。象形文字で、玉を三つ紐でつないださまにかたどる（『漢和中辞典』）、いわば玉飾りから生まれた文字。のちに、王《おう》と区別するために点を加えたものとされている。

王《おう》は、斧をたてにしたさまにかたどった象形から、王の形に展開している。その王《おう》とまちがえないために、王に点をつけたという玉《たま》。玉とよく似た形の王《きゅう》は、王《たま》に点を加えてきずのある玉の意を表わすという。

ちょっとのぞきみただけでも文字の成り立ちには、遠い漢字の祖の想念がうかがわれて興味深い。

玉を三つつらねた形かと思って眺める。この場合は丸い玉ではなく、細長い玉だったのか。中国では、ことのほか玉《ぎょく》が愛される。自然はさまざまのみごとな色や輝きをもった岩石や鉱物を存在させている。硬玉、軟玉。ダイヤモンド・ルビー・サファイヤのようなきらきらしい石も、翡翠《ひすい》・瑪瑙《めのう》・水晶・琥珀《こはく》など半濁半透明の趣きをもつものもある。また、海中から産する真珠や珊瑚《さんご》珠も尊ばれる。

中国は古来深く玉を崇敬し、愛し、信じた。それは、身辺に置いてたのしむ玉製の玉器ばかりか、死者の口に含ませる含玉《がんぎょく》、死者の手に握らせる握《あく》の風習をみても明らかだ。玉が屍を朽ちさせないという信仰からか、ひとつには権力者の栄光を、死後も飾る意をもつのでもあろうが、貴人の屍に着せた玉衣もある。

一九七三年の「中華人民共和国出土文物展」で、後漢時代の葬服といわれる「銀縷玉衣《ぎんるぎょくい》」をみた。

細長い玉片の四隅に穴をあけて、そこに銀線を通して結び合わせた銀縷玉衣。およそ二六〇〇片以上の玉を集め、重さ約八〇〇グラムの銀線が使われているという美々しい死衣は、白銀色に輝いていた。その贅に目をみはると同時に、ロボットめいた玉衣の、手先きからすこし離れたところに左右に置かれている二頭の玉豚《ぎょくとん》が微笑ましかった。これは握《あく》として造られ、屍に添えられたもの。豚を刻んだ玉が貴人の念珠の役をつとめた。かくも玉を愛する中国であるのに、中国からは勾玉《まがたま》が出土しないという。

■勾玉の形の意味

勾玉。まるで巴型の一片のようにCの字型に曲った玉。

日本では勾玉が玉の中では最高の尊厳を持つ玉の形として遇されてきた。古墳の出土品には管玉《くだたま》や丸玉とともに、勾玉が多い。幼な心に、まずマガタマの名を覚えたのは、小学校での歴史の時間であった。国作りの「神話」の掛図に描かれた神々の胸や手には、管玉や丸玉のなかに、きゅっとくびれた勾玉のまざった飾りがついていた。首飾りの主石が勾玉であった。

『古事記』の三貴子誕生のくだりには、伊邪那伎命《いざなぎのみこと》が「御頸珠《みくびたま》の玉の緒母由良邇《をもゆらに》取り由良迦志《らかし》て、天照大御神《あまてらすおおみかみ》に賜ひ」とある。美しい玉、みごとな玉は権威の象徴であり、支配力のこもった呪物でもあったのだろう。

また、ひきつづいて天照大神と須佐之男命《すさのおのみこと》との「宇気比《うけひ》」の条でも剣とともに、勾玉が役を受けもつ。『古事記』では、天照大神の髪に纏《ま》いてあった「八尺《やさか》の勾璁《まがたま》」と、須佐之男命の佩《は》いていた十拳剣《とつかのつるぎ》とを互いに交換して、その物実《ものざね》によって子を生んだとある。『日本書紀』でも同様のことが記されているが、第一、第二、第三の一書がみんなちがっている。

第二の一書では素戔嗚尊《すさのおのみこと》が羽明玉神《はあかるだまのかみ》から「瑞八坂瓊《みつのやさかに》の曲玉《まがたま》」を得ている。素戔嗚尊が玉、天照大神が剣をもって互いに交換する。

「我が心清く明し。故《かれ》、我が生める子は手弱女《たおやめ》を得つ」とする「記」と、「女《たをやめ》を生《な》さば黒《きたな》き心」とする「紀」と、内容も逆になっている。いずれにもせよ、伊奘諾尊《いざなぎのみこと》が左手で白銅鏡《ますみのかがみ》を持つ時に「大日孁尊《おほひるめのみこと》」が化《な》り出た（「紀」の一書）とする説に加えて、鏡・剣・玉の「威力」が語られている。

「記」と、「紀」の第一の一書のみが伝える三種の神器授与伝承の骨骼《こっかく》といえよう。「紀」の本文、第四・第六の一書には、この伝承はみられない。鏡の意、剣の意はわかるが、なぜ、勾玉が三種のなかにはいるのか。その意は仲哀記《ちゅうあいき》の、筑紫の五十迹手《いそとて》の説話で、意図的に語られているようだ。

「五百枝の賢木《さかき》を抜《ねこ》じ取りて、船の舳艫《じくろ》に立てて、上枝には八尺瓊を掛け、中枝には白銅鏡を掛け、下枝には十握剣を掛け」た五十迹手が天皇に説明する。

「八尺瓊の勾《まが》れるが如くにして、曲妙《たえ》に御宇《あめのしたしろしめ》せ」と。

「勾《まが》れるが如くにして曲妙《たえ》に」というほど、いい形だろうか。長い間、「勾玉の形は、いったい何かしら。何を意味するものかしら」と不審に思っていた。わたしには、とくべつあの形が美しいとは思われない。ずんぐりまるまっちくて、なにか虫がちぢかまっているのをみるようだ。吉祥よりも、むしろ気味悪さをさえ感じる。どうして得難い玉を、あんな形にしたのかしら。

この国の勾玉は、縄文式時代にすでに硬玉でつくられているとのこと。硬玉の材料は、どこから運ばれたのか、研磨の技術は決して簡単なものではなかったろう。獣の牙に穴をあけて紐に吊す原始的な装飾は世界の各地にみられるから、その牙を勾玉の原型だとする説がゆきわたっているようだ。なるほど、牙玉・勾玉説には実感がある。牙の鋭さ美しさ強さは、「酋長・首長」たち支配者の好むものと思われる。

また『橿原』に納められた末永雅雄氏の「勾玉の形態推移」には、橿原遺跡の出土資料によって縄文式時代の「牙から土へ、土から玉質に、或は牙から玉質に」と、勾玉の形式や種類が推移し発展した過程が知られるとある。さらにいわゆる「鯛の鯛」とされる鯛の烏喙骨《うがいこつ》からの変型も考えられるのではないかと推論されている。

頭部に装飾的刳込をもつ丁字頭《ちょうじがしら》が、魚の口や鳥の口を連想させるのはたしかだ。のちの子持勾玉など、魚そのものの形に近い。胎児形、釣針形説などもきくが、なお決定的な結論はでていない。弥生式時代には、線がまろく優美になった。古墳時代もなお、その影響をひく。やがて五世紀に近くなったころから勾玉材の質が落ちて、硬玉よりも碧玉《へきぎょく》や滑石《かっせき》で作った。形も角ばってきたという。

文献的手がかりが、八世紀初めに大和で最終的に編まれた記紀などに限られるので、われわれが文字で過去を計ろうとすると、とかくまちがいやすい。文字文化も、渡来以後、記紀編纂までには相当長い期間があったと思われる。突如として、非常に政治的に書かれた記紀があらわれる。その記紀に照らして、大和中心史観で歴史を決定するのは危険だと、学者の声がある。

■実在の尊さ

同志社大学考古学研究室に森浩一教授をたずねたのは、京都府下園部町垣内《かいち》古墳から出土した勾玉をみせていただくためであった。一九七二年六月、園部町の依頼にこたえ、単なる製鉄遺跡発掘のつもりで垣内の道路拡張現場へでかけた森氏は、すでに破壊された円筒埴輪《はにわ》の破片が散乱しているのをみつけられた。

遺跡ではないとされていた場所が、長さ約八五メートルの前方後円墳であることがわかり、巨大な粘土槨《かく》の内外からは、古墳時代前期特有の副葬品が次つぎと発掘された。ブルドーザーによって見る間に削られていく墳丘の工事を、中止させるだけでもむつかしい。その上、折あしく大雨の降りつづく中、時間を限られた悪条件の発掘だったという。

明るくととのった資料室がつくられていた。垣内出土品の中には、清らかな青を含んだ水色の車輪石《しゃりんせき》や石釧《いしくしろ》があった。そして青めいた管玉の多くと、勾玉。

目分量で六、七センチの大きさの勾玉二個は青瑪瑙で、三、四センチの小さい勾玉二個が翡翠だ。この翡翠のほうは頭に三筋のきれこみをもつ丁子頭である。その緑が冴え冴えと鮮やかで、今、目をさました生き物のように思える。勾玉にこれまで感じなかった親しさ。

「まあ、可愛いですね。なんだかものを言いそう」

と、はずんだ声をあげた。

あまり大きい勾玉は、どたんとして気韻《きいん》に乏しい。だがこの翡翠の勾玉には、自ら照りだすような美しさがある。勾玉と管玉でつづった首飾りだったのであろうか。腰飾りにもしていたようで、発掘された時の写真が、「置かれた位置」を明らかにしていた。

めずらしい仏像坐像を鋳込んだ三角縁三仏三獣鏡《さんかくぶちさんぶっさんじゅうきょう》もはじめてみた。小さな坐像が形よく気品がある。四世紀ごろのものと思われるそうで、仏像が実質的には想像以上に早くから渡っていたことが推察される。玉のような美しい色に酸化した銅鏃《どうぞく》の矢柄には漆もみえる繊細な仕事である。棺も、屍も、すでに消えて、副葬品のみが散乱している写真。人体はかくも水の如く風化し去るものかと、新たな感慨をもった。

中でもその色といい形といい、溜息つく思いであったのは、まさに玉釧《たまくしろ》の名に価する碧《へき》玉《ぎょく》製の釧だった。青磁というよりは白を含んだ水色に近い。貝殻から作った腕環の発展したものではないかといわれる車輪型の造型で、十センチ丸の端正な品があるかと思うと、たて十センチ半と、はば九センチといったソフトな玉子型の作もある。

腕にはめるには手が通らなければならない。可憐な女の手ならばともかく、骨ばった男の手が通るだろうか……と案じられる丸い穴があけられている。傷やしみがあまりなくて、新鮮な感じである。

困難や不安とたたかい通した雨中の発掘で、こんな品々がとりだされた時は、どんなにうれしかっただろう。物は強い。書かれざる歴史、歴史にはのこらぬ実在の尊さがこもっている。出土状況でみると、弥生式時代では剣と鏡の二種と、さらに勾玉を加えた三種との両方が埋葬例にあるとのことだった。

こうした勾玉や玉釧は、社交や祭典の席にでる時の玉装として、貴族顕臣や宮廷の女人たちの身に飾りたてられたものであろう。良質の品や、代々継承された由緒をもつ品、特にみごとに作らせた新作品など、そのたびに人目を惹き、羨望の種となり、話題となったのにちがいない。

一顆《か》何億という指輪が世界中の憧憬となり、話題となるのと同じこと。ひたすら装飾的効果をのみ考えて作られた名品も、その持主の運命によって、ドラマチックな転変をたどる場合がある。

■妖しの勾玉

女鳥《めどり》王の遺愛の玉釧も、このような青白い輝きで白い腕を飾っていたのではないか。仁《にん》徳《とく》天皇の庶妹《ままいも》女鳥王（「紀」では雌鳥皇女）は、天皇の希望を避けて、天皇の弟速総別《はやぶさわけ》王と結ばれる。天皇は二人に自分をしのごうとする意志のあることをさとって追いつめ、殺してしまう。

やがて、豊楽《とよのあかり》の宴の日、石之日売《いわのひめ》皇后が参集した諸氏の女たちに御酒《みき》の柏を与えていると、見覚えのある玉釧を纏《ま》いた女がいた。敏感な激情家である石之日売だ。すぐにその夫をよびだす。それは、さきに速総別王と女鳥王とを討った軍の将、山部大楯連《やまべのおおだてのむらじ》だった。

「お前は何だ。自分の主君の手に纏《ま》かれていた玉釧を、まだ膚もあたたかなうちに剥いできて、妻に与えるとは」

山部は殺された。

この『古事記』の説話は、『日本書紀』ではすこしかわる。逃げた二人を追う男は雄鯽《おふな》と阿俄能古《あがのこ》。石之日売は亡くなって八田皇后《やたこうごう》となっている。「殺す時に皇女の身を露《あらわ》にしてほしくない」と願う皇后の意をうけて、天皇は「足玉手玉を取るな」と命令した。

ところが雄鯽らは、二人を殺したあと、皇女の玉を探って裳の中から得た。玉釧ではなく勾玉かもしれない。やはり宴の席で二人の女が「良き珠纏ける」のをみつけた。調べて阿俄能古を殺そうとすると、彼は自分の土地を献じて死を許されたいと願った。結局その「玉代《たまて》」のかわりに死罪を赦す。

「きれいなものですね」と感心して眺めているこの勾玉や玉釧にも、なにか物語がひそんでいるのではないか。一六〇〇年ほど昔に、たれひとかの屍に装われて土中に入った玉の、蘇りのいのちが、みょうにみずみずしい。

『勾玉』の著者水野祐氏は、勾玉は鏡の太陽につづく半月の象徴とされている。古代航海者の月への信仰と、日本海側の硬玉産地や、玉造工房の存在その他から思考された推定である。そういわれると、三貴子と三種神器とのつながりが、天照大神（太陽）と鏡、月読《つくよみの》神《かみ》（月）と勾玉、天叢雲剣《あまのむらくものつるぎ》（水）と須佐之男命というわけかたとなりうる必然性が感じられる。

　長い間、勾玉は日本古来の固有の佩玉《はいぎょく》文化であるとされてきた。しかし日本の勾玉にはみられない、きらびやかな朝鮮半島の金冠塚《きんかんづか》（慶州）の黄金王冠の飾勾玉をはじめ、頭部に金銀の細工をかぶせたみごとな勾玉など、数多くの勾玉や祖型が朝鮮各地で出土している。

「日本人の中には韓国で硬玉が産出せず、また、韓国の古墳を調査するまでは、日本の古墳からしか出土しないと思っていたために、勾玉というのは日本固有のものと考え、新羅の勾玉は日本からわたっていったものと推測する人もあった。ところが韓国で、がんらい多量に出土し、また、咸鏡道《かんきょうどう》地方では勾玉の祖型とみることができる有孔佩玉《ゆうこうはいぎょく》などが、石器時代遺跡から出土するので、そのような考え方は是正されなければならないものとなり、しだいにとりかえられるようになった」

と、『韓国考古学概論』（金元龍著）では「一言する必要」が語られている。また、『韓国の考古学』（金廷鶴編）にも、「日本固有」とすることへの疑問が提出されている。これからの発掘や学問が進むにつれて、まだまだ意想外な発見がつづくだろう。

いつか、一対の鼉太鼓《だだいこ》に、日と月が左右に飾られ、三つ巴と二つ巴の紋様が描かれているのをみてたずねた。

「巴にはどういう意味がありますの」

すると、

「勾玉やと思うてます」

という返事が返ってきた。そうか、巴は勾玉か。

けれど、それではへんだ。巴紋は勾玉よりも広い地域で使われている。文字の巴はが蛇の一種をかたどり、うずまきの意であるそうだ。

『世界百科大事典』によると、

「巴はワラビ形の頭をもった流線が円周に沿って流れる形で、その原型は水渦、雲文、雷文、あるいは火炎の便化したものともいわれる。中国はもちろん、中央アジア、スキタイなどの古銅器やかわらなどにも古くからこの文様が用いられている。云々」

とある。

祝女《のろ》のものらしい勾玉がみられる沖縄では、かつての琉球王尚《しょう》家の紋が、巴である。古来、多くの氏族が巴紋を使っている。巴紋の出自も、どこでどうと、はっきりとは言い難いようだ。

わたしは巴のしっぽの消えように、人魂《ひとだま》を感じたことがある。屍があちこちに棄てられていた昔、青い燐《りん》の人魂は見なれたものではなかったか。もとより、巴には人魂を感じても、勾玉が人魂とは思い難い。

月説も、説としてはうなずけるのに、実際の勾玉に月を感じないのはなぜだろう。妖しの勾玉ではある。

玉牙
ぎょくが

勾玉が、どうしてああいう形になったのか。それは「牙玉」からではないかといわれて、思いついたのが「玉牙《ぎょくが》」という言葉である。

■牙への崇敬

動物の牙は、骨や貝殻や木の実などとともに、人間の威厳や美を備える装飾として使われた。それが牙玉。牙は、身を守り、敵を攻撃するに、もっともするどい武器であろう。中には、ハブや、まむしのように、毒牙をもつ毒蛇もある。

いわば「歯向《はむか》う」の歯。牙をむき、牙を鳴らしてとびかかる必死の獣を射止めた狩猟者の勇気と力を誇る牙玉は、美よりも、むしろ威を添える効果をもつものか。よき牙を宝物として、権力者に宝牙が集中したかもしれない。人の身の無事安全を祈る、「悪鬼を払う」意の牙玉が護符的《ごふてき》に使われたものと思われる。

勾玉が牙玉の形を摸して展開されたというのには、自然な必然性がある。決定的な結論はないとしても、牙を飾り、玉で牙を造りたい人の心がうなずける。

そうした牙への畏怖・牙への崇敬が、仏像にまで牙を加えしめたのであろうか。厳密にいえば、悟りをひらいた如来以外は、仏とはよべない。けれど、仏教関係の像を多くは仏像とよんでいる。さすがに、如来像に牙はみられないが、密教の生みだした明王部《みょうおうぶ》の像の多くは、激しい忿怒形《ふんぬぎょう》に牙が使われている。

「ありがたい仏さま」だと教えられて、はじめて不動明王を仰いだ昔、「仏さまに牙だなんて……」その、威嚇的な牙に、違和感を覚えたものであった。

■思い出二つ

あまりに批判力が無くて、われながら阿呆やなと思われるが、むかしのわたしは常時、笑みを含んでいた。人を見れば微笑した。人を疑うこと、人を警戒すること、人を憎むことは「してはならないこと」だと教えられていた。人をよろこばせたいのが、ごく自然な気持だった。

恥かしい思い出が二つ。

戦後すぐの頃、ある駅で電車がくるのを待っていた。待ち合わせている人びとのなかから、すっと近づいてきた中年の男性が、わたしの耳もとにささやいた。「あんたも脳が悪いんやな。気の毒に……」

わたしは、ぽかんとしていた。にっこりと微笑み返したものの、それがどういう意味なのかは、さっぱりわからなかった。

いつ頃になるのか、もう記憶がうすれてしまったが、その後、何年かたっていたように思う。

「蟻の町のマリア」という映画を観たことがある。ひとりの少女が浮浪者の多いドヤ街や、屑を集める町の一隅にはいっていく姿。

「なんなの、あの女。誰をみても、にやにや笑ってて気持が悪い！」

というセリフが耳を刺した。はっとした。

常時微笑していることは、「気持が悪い！」といわれることだったのだ。知らなかった。その時、かつてわたしのそばに寄ってきた男の人が、いかにも気の毒そうに「あんたも脳が悪いんやな」と、いたわってくれたことを思いだした。積年の思いちがい。なんといい気な、のんきな自分であったことか。微笑で世を明るくしていたつもりの、ただならぬ思い上りに気がついて、どうにもいたたまれない思いがした。

それでも、長年の習性は、簡単にはなおらなかった。七年の人妻生活からはじめて自活の生活に入った当時、自分のつらさとは関係なしに微笑む習性で、困ったことになった。「好きなのだろう」といわれて、「いいえ」といったら、「好きでもないのに、なぜ逢った時うれしそうに笑うのか」とたずねられた。

「そんなことされたら、ややこしいがな」

なるほど、そうであった。好きな人には当然微笑するが、好きでない人にも微笑する。好きな人には怒れても、好きでない人に怒ることなんてできなかった。好きでなくてごめんなさいという思いが、人に誤解させるもとになった。

まったく、なんぎなことやった。ややこしいことやったやろと思う。やがて岡本大無《だいむ》といわれる老齢の歌人とであい、「わたしはいつも、なんとか微笑しよう微笑しようと思いつづけているのですが、世の中のことを考えると腹が立って、笑顔になれないのです」というお便りをもらったのが、わが笑顔への憎悪となりえた。

笑顔の虚偽性に思い当り、社会への批判をぶつける勇気を持ちえた時、ようやく笑顔から解放された。性狷介《しょうけんかい》とされた大無先生なればこそ、本音をいわれ、貴重な影響をのこされた。わたしにとっては、どんなにかありがたい教えであった。

自分のひずんだ習性には、長年、被保護者として家父長に隷従して生きてきた劣等感がある。物心ついた時から虚弱で、「いつ死ぬか」と待たれていた。その、いわば「邪魔者、荷物」でしかない自覚があった。周囲に「死ぬもの」とされながら、ふしぎに死なないでいることへの「裏切り」めいたうしろめたさも、ついてまわる。人に不機嫌な顔をみせる力なんて、なかったのだ。

だから、たけだけしく手足を振りあげたり、牙をむきだしたりする忿怒形の像は、心に遠かった。荒々しい強さには耐えられない。見たくない。かといって、ただ美しいだけの人形のような像も、現世的な馴れがあって、好きにはなれない。死に近く生きてきた者は、自分が肉体的存在であるという実感がなくて、精神的冥想のせかいに憧れていた。

■忿怒形、心に近く

不動明王は、右の下牙で上唇を噛み、左の上牙で下唇を噛む。ぎゅっと唇を噛みしめている双の牙が、ときには唇を洩れる八重歯のようで愛らしい。髪をおさげにして、左眼を眇《びょう》した、やんちゃな少女のような像がある。

見たくなかった忿怒像が、愛らしいと思えるまで心に近くなったのは、『観光バスの行かない……』(新潮社)シリーズの時期からだ。

直接、社会にでて働くようになった一九五三年から、世間と自分とのあまりのくいちがいに、ひとつひとつ馬鹿ていねいな血を流してきた。昔よりはよほど強くなっていたはずだが、それでも、まだまだ甘えていた。うっとりしていた。

一九六〇年、日米安全保障条約の締結がクローズ・アップされた。観光バスの行かないひっそりとした寺々を巡る仕事。山道を歩きながら、間違な列車を待ちながら、「これは何か」「これでよいのか」と考えつづけていた。

韓国における四月十九日の革命は、わたしを揺さぶった。うら若い大学生たちが、強圧独裁の李承晩《りしょうばん》政権を倒した決起のニュースを、新聞で読んだ時、失敗につぐ失敗でめそめそしていたわたしは、坐り直した。

怒りが、かくも美しいものであることを、わたしははじめて知った。自分が心から怒ったことがないのに、思い当らずにはいられなかった。個人的な苦しみにも、耐えることがよいと信じていた。破婚は具体的な、わが革命であったわけだが、なお相手をかばう心づかいがあった。それは、相手をかばうことではなく、自分をかばうことに過ぎなかったのに。

隣国に対して何をしてきたこの国か。ひとり襟を正して、正しい怒りの美しさにふるえていた。六月十五日の樺《かんば》美智子さんの死。五月十九日の強行採決を中心にした前後一カ月ほどの抗議の人波。そういう中で、はじめて不動明王に直面した。それまでとはちがって、逃げる気はおこらなかった。むしろ、不動明王に対して怒りをぶつける状態になっていた。ようやく、怒りはじめることができた。

おかげで、忿怒形が心に近くなった。怒らざるをえない、怒りの形をとらざるをえない愛の思いがあることを知ったからだ。怒るに価せぬことに怒るのは恥かしいが、怒るべきことに怒らぬのも恥かしい。

明王部の忿怒形は、如来(自性輪身《じしょうりんしん》)が、菩薩(正法輪身《しょうほう》)と成り、さらに明王(教令輪身《きょうりょう》)となって、仏法を受けさせるためという。如来の悟り、菩薩の慈悲相では度し難い者への、怒りの形相である。この場合の牙……仏牙というか、法牙というか……を、玉牙と讃えることは無理だろうか。五大明王のうちの金剛夜叉明王など、その正法輪身を、金剛牙《こんごうげ》菩薩とよんでいる。金剛牙という形容に、仏牙の心がみられるようだ。

ふつう、利牙だの、白牙だの、狗牙だのとよんで使われている。この玉牙が、明王のみならず、菩薩のなかでもとくに「美しく艶やか」な十一面観音像にみられる。十一面の化《け》仏《ぶつ》十面のうち三面が、その唇から牙をむきだしている。

観音さまは決して甘く美しくやさしいだけの菩薩ではない。激しい怒りにみなぎる、目と牙と口をもって毅然とたつ威の像である。

「十一面観音さまの、うしろの化仏を拝みたいと思ったら、どこへいけばよいでしょうか」と、きかれたことがある。聖林寺、法華寺、普賢寺その他、多くのみごとな十一面さまがおられる。しかし、ほとんど正面からの礼拝で、背後からは拝めない。

「それなら滋賀渡岸寺《どうがんじ》町の十一面さまが、いいと思いますよ。収蔵庫へはいってしまわれたら、どうかわかりませんが、今なら後の扉が開かれて、はっきりと後姿がみせてもらえます。それに他の十一面さまに比べて、ずっと化仏が大きいので、よくわかりますよ」

はじめてまいった時、いまにもゆらりと歩きだされるような気魄を感じて、おどろいたもの。危険を思って収蔵庫が建てられたが、そこには移したくない気がする。まだ本堂におられる間にと、こちらもなにか心いそいで、十三年ぶりにおたずねした。

どくだみの季節、笹百合の季節。

■地元の観音さま

国鉄高月《たかつき》駅から寺まで歩く道は、昔とすっかり様子がかわって、わかりやすい。このごろは特別にバスを仕立て、湖北の十一面さまを巡る団体客が多いとか。その日も昼には庫《く》裡《り》が満員だったらしい。ひとり、ことこと北陸線にのってきたうれしさ、他に観光者の姿はなかった。

なつかしいお方である。細く、くきっとひきしまったからだつきに、強靭な力があふれている。はだの弾力がやはり美しい。大好きな腹部のまるみと、豊かに凹んだ、よいおへそ。望めぬことだが、さわりたい。せめて、半歩歩みでたおみ足になりと、頂礼したい。

この像は、法華寺の十一面さまによく似ているといわれていた。十三年前は、法華寺像を拝まぬ時だった。その後「似ている」といううわさを、「ほんとに」と思ったのは、TV「女人と寺」で、光明皇后をモデルとする伝承をもつ法華寺十一面さまを、とりあげた時である。

古くに撮られたらしい法華寺像の背面の写真が使われた。美しい。胴のくびれと動きとに、花が香りをこぼして揺れるようななまめきがある。そこが似ている。よく似ている。作像期は同じ貞観《じょうがん》時代（八五九―八七七年）である。

法華寺像は、やや、うつむきの顔であるが、渡岸寺像は意欲的にまっすぐ正面を見るまなざしだ。大きさがちがう上に、化仏の配置がちがう。像高一メートルの法華寺像は、やや、あごをひくせいか、胸のふくらみや、手足の肉づきがはりつめているせいか、分厚い荘重さがある。

一七七センチをこす渡岸寺像は、すらりとしている。が、その動きを重くする大きな化仏の群がある。他の十一面像には、頂上の菩薩面だけを高くして、あとは宝冠のようにぐるりに小さく化仏を並べたものが多い。渡岸寺像は、本面の左右に、まるで装飾的な髪をゆったように、化仏がついている。大きな化仏の表情がはっきりとみえ、大冠をかぶったようにみえる。

寺の由緒書をみると、天平八年、天下疱瘡《ほうそう》の際に、聖武天皇が泰澄律師《たいちょうりっし》に勅して聖像を彫刻させたとあるが、これは造像期とあわない。

元亀《げんき》元年（一五七〇年）の浅井・朝倉の戦いに、当時の住僧が土中に像を埋めて助けたとか、織田信長の焼討ちに際して比叡山から運ばれた像だとか、いろんな伝承がある。

たしかなのは、本堂の額になっている粗末な茅葺《かやぶき》の堂の写真だ。

明治三十年（一八九七年）に国宝に指定されるまで、この十一面さまは、竹やぶばかりのつづく中の三間四面の小堂におられたとか。

現在の本堂は、明治四十三年（一九一〇年）から十五年もかかった民衆勧進による建築。当時の記録には松一本とか、欅《けやき》一本などと寄進の名がつらねてある。協賛会主事、山岡外次郎氏の父君の名もある。

先祖代々、住民が力を合わせて守ってこられた事実は尊い。山岡氏をはじめ地元の方々は、真底「うちのお観音さま」に惚れこんでおられる。

■牙を生かす怒り

「鬼みたいな者でも、それに合う顔で助けるという意味で、化仏にはいろんなお顔がありますす」

と、説明しておられる。どういう歴史を経た十一面さまかよくわからないけれど、たいそう清らかにととのっていて、傷みのすくないのがありがたい。

五世紀の末の漢訳ときく『仏説十一面観世音神呪経《しんじゅきょう》』に、「白栴檀《せんだん》、一尺三寸」と、十一面の儀軌《ぎき》が説かれている。

当前の三面は菩薩の面に作し、左廂の三面は瞋《いか》れる面に作し、右廂の三面は、菩薩に似て狗牙を上に出せ。後一面あるは大笑の面となし、頂上の一面は仏の面に作せ。面は悉く前後に向けて光を著けよ。其十一面は各々花冠を戴かしめ、其の花冠の中には各々阿弥陀仏あらしめよ。（国訳秘密儀軌）

また、『十一面観世音神呪経』には、十一面を瞋《じん》・高慢・大瞋・濡心《なんしん》・大怒《たいと》・破平障難《はへいしょうなん》・得勝《えしょう》・最勝・無能圧《むのうあつ》・能圧・破魔軍《はまぐん》と、行法《ぎょうほう》の印の説明のなかで記している。

『十一面観自在菩薩心蜜言念論《しんみつごんねんろん》儀軌《ぎき》経巻《きょうかん》』では、十一面四臂に作れとある。正面寂静《じゃくせい》相、左威怒《いど》相、右利牙出現相、後は笑怒《しょうぬ》。

『十一面神呪心経』では、当前慈悲相、左瞋怒、右白牙上出相、後は暴悪大笑相とある。

いずれも同じことをいっているのであろうが、すこしずつ表現がかわる。つまり、正面は静かで優しい慈悲相。左は怒りの相。右は仏牙をだした相、後が笑。

この笑が「大笑」だけでは意味が通じぬ。面をよくみると、大きく開いて笑っている口の両端が、への字型に下へさがっている。両端をあげた朗らかな明るい笑ではない。暴悪大笑といっても、わかりにくいが、笑怒とよめば、ややわかる。

牙は何を意味するのか。ただ牙を出す相というだけでは、わからない。これも、「菩薩に似て」とあって、はじめて菩薩心からの玉牙であることがわかる。経文はむつかしい。ご利益をいただこうとすると、なんとも困難な行法を行わねばならない。

人面で牙をだすのは、鬼女をかたどる般若面である。人が自分の思うようにならないとうらみ怒る瞋恚《しんい》心の面だ。お前は心の奥に般若の牙を持っているのではないか。いやいや、牙がないとはいわないけれど、人は人であってほしいと願っている。人が、その人自身でありさえすればそれでいい。こちらの思うようになる必要は、まったくない。

ただ、お互い心中の牙は刻々に成長する。象牙のようにとめどなく成長する。不幸いやます現世に在って、その牙をどのように使うか。もとより毒牙であってはならぬ。観音さまの頭上の菩薩牙、せめて何らかの玉牙として生かしたい。

牙を生かす正しい怒りはなにか。

十一面さまの向って左から、口の両端から牙を上むけた化仏三面を何度も見上げた。

アシカの玉のせ

■雨の遊園地

雨で、遊園構内にはほとんど人影が無い。

こういう遊園地のさびしさは、心に叶っている。ま冬にも、一度ひとりできたことがある。この時は雨ではなかったが、やはり人影はなかった。

蘭《らん》の温室からでてアシカの天幕の前を通ると、ちょうどアシカが舞台で芸をしていた。若い男の人が、小さなバケツから魚を投げ与えながら、次つぎと芸をさせていた。誰もいない空椅子ばかりの客席。どうやらアシカの食事どきだったらしい。食事のたびに、訓練されるのだろう。黙ってはいって、いちばん前の席に坐ってみせてもらった。

舞台にだされたアシカは、まあなんと速く歩くことか。さささささっと風のように速く歩く。プールが小さいので気の毒なくらいだ。動物園でアシカの遊ぶところはよくみているが、そうした場所でのアシカとはまったくちがう、素早い行動である。大きなからだをも身軽くしなやかに、嬉々として動き廻る。流線型の焦茶のからだが水に濡れて輝く。若者の指示に注目して、水中の帽子をひろったり、なげられる輪をうまく首でうけたりする。カラフルなビニールボールを、鼻の先きにのせて虚空についたり、のせたまま段をのぼってまた降りたり、ボーリングやサッカーをしたりして、そのたびに、ごちそうをもらっている。若者のアシカの扱いにやさしさがあふれて、人とアシカの接吻も可愛いかった。

思わず手を叩いた。いつのまにきたのか、そばにひとりの学生が、舞台にカメラをむけていた。

「あんなにちゃんと芸ができて。アシカって美しいからだですね。可愛いですね」と、共鳴を求めて話しかけた。その人は動物や魚が大好きで、畜産科の勉強をしているとのこと。「卒業論文に水族館の設計をしようと思って」来たとのことだった。

このように生まれつき魚の好きな人、獣の好きな人、植物の好きな人たちがいる。ただ観賞するだけの「好き」とはちがって、全身全霊をうちこむ愛。各地の動物園や植物園、遊園地などの施設には、必ずこうした人びとが、人知れぬ裏方の苦労を重ねておられる。

言葉のいえない動植物の感情を細やかにみてとる能力、またそれに応えて自分もその世界に入りこむ情愛がなくてはかなわぬ仕事である。

観客のいない冬の八瀬《やせ》遊園でみた、あのアシカの愛らしさが目にのこっていた。

改めて訪ねたのは梅雨のさ中。昨年は空梅雨で暑く、連日プールが満員だったときくが、今年は毎日激しい雨で、肌寒い。破れた天幕から雨がざざ洩りだ。黄色い傘をさして近寄っていったら、舞台の上から「あ、黄色はだめ。傘はだめ」と注意された。

アシカは色の区別ができないという説があるそうだが、黄色の傘をみていやがって、舞台からさっさと、ねぐらの水槽へ帰ってしまう場合があるという。黄色が嫌いなのか。傘の形がこわいのか。気に入らないのか。

まだ若いアシカちゃんたちの芸をみせてもらう。アキ・ジャン・ゴン・マツ・ウメなどと、一頭ずつ名がついている。

冬にみた調教の青年は、二十四歳の山本正直氏だった。はじめは同じ八瀬遊園内の水族館に勤務していた。そして、この遊園でもアシカの調教をはじめることになった時、その任に選ばれた。

「何しろ、アシカといっしょにプールで泳いでいるンですから、おどろきます」

井上遊園部長は、人かアシカかわからぬプールの競泳をみられたらしい。

■アシカの舞台

先日のＴＶの画面を思いだした。これは芸をするカリフォルニアのアシカではなく、オーストラリア南のアシカだと説明された。太くて立派な雄。一頭の雄に、何頭もの雌が従う。ハーレム体制である。生まれたばかりでハンドバッグのように小さな幼いアシカは、海をおそれて、はいりたがらない。けれど、やがて岩の上から海にまろび入る。

食肉類であるアシカは、犬によく似た顔だ。小さな耳。手に爪があるそうだ。海中にもぐっても、十五分ほどは息をつめていられる由。とにかく大自然のなかでの生態は、のびのびしている。後脚は二つにわかれた尻尾のようで、強くからだを支えて歩く。両手の役をする前肢は、まるで翼のように皮がのびている。胸ビレかと思いやすい。

なかなかよく動く。海中の遊泳も、空中のつばめの飛翔を連想させる急速だ。つばめに、燕尾服に、似ている。

海中のロープに、おなかをのっけて泳いでいる様子は、綱渡りの形にみえる。子を抱いたり背にのせたりした形もある。いつか、清水崑《こん》さんの描かれた「鯨」で、雌雄がぴったり腹部を合わせて泳いでいる形をみて、熱くなったことがある。アシカは、どのようにして恋を語らうのであろうか。

ここでは唯一の雄、ゴンがいちばん大きい。八十キロのゴンが一日に鰺《あじ》を六キロ食べるとか。小さいのは三キロくらい。たくさん食べる。大きいのは仔牛ほどの大きさになる。他の遊園や動物園のアシカのことも、さすがによく知っておられる。

アシカの調教には、三人の専門家による、それぞれの方式があるそうだ。ここは豊田式で導かれている。同じ師についた縁で、山本氏におくれて同じアシカ担当となった山田教満氏は、二十六歳のきゃしゃな青年だ。やはり動物が大好きで、畜産科に学んだ。

「獣医になりたかったのに、なれませんでした」

白浜でアシカ・チンパンジー・犬などの調教を経たあと、師に紹介されて、ここに移った。独身の山本さんとちがって、山田さんは、すでに家庭をもっている。「アシカとわたしとどっちが好き?」と、夫人に迫られもしかねない細面の青年だ。

冗談ではなく、こうした仕事にうちこんでいる人びとには、妻子よりも担当の動物の方が、ずっと気がかりだという人が多い。その動物が病気でもすると、そばにつきっきりで面倒をみる。言葉のいえない動物だ。ふだんからその動物を「手塩にかけている人間」の愛情によってしか、推察しえないことがある。

もうすこし、ゆっくりとみたいのに、アシカは一瞬の休みもなく動き廻る。泳ぎながらときどき水上にジャンプして、吊された輪をするりと通りぬける。次つぎとジャンプしては通りぬける。いかにもスマートな姿である。

三番目に登場したアシカは、苦手なはずの傘を、くるくるまわしたまま鼻の上にのせられて、台をのぼって、また降りた。それに鼻さきでボールを支えながら、自分の身体を器用に一回転させる。一回目は失敗したが、つづいて立派に前肢を使って回転した。

「回転レシーヴ。ウルトラCです」

感心して見入っていて、写真どころではなかった。柔軟なものだ。

「どのようにして訓練なさるのかしら。言葉も通じないのに」

「いや、何か物を渡すと、アシカちゃんは、ひとりでいろいろに楽んで遊んでます。それに、絶対にどついたら（叩いたら）あかんのです。ボールは糸で吊してね。笛で、何遍も根気ように、やるわけで……」

言葉ではいえない阿《あ》吽《うん》の呼吸があるのだろう。うまくいった時は「おみごと！」とよろこびの声をかけている。まず「アシカちゃん」と、自然によぶ親愛の心が大切なのだ。

水に濡らした舞台と、舞台前方の小プールで、縦横無尽といった感じで演技したあと、背をみせて、ふりむきもしないで檻《おり》の中へ帰っていく。舞台の奥の住居部からは、ざあざあと谷川をひく豊かな水音とともに、アシカたちの鳴声がきこえてくる。

クワッ・ゴォー！　アシカは、いま何を言っているのかな。

■すぐれた全身感覚

わたしは自分のなかにもアシカがいて、ときにのぶとい声でうめくのを知っている。ウォウォ・ゴッゴォと、これは、なかなかけたたましい。自分のなかの野性がよみがえって、人よりも「アシカちゃん」の方が、身近なものになるのかもしれない。

十年以上の昔、神戸の王子動物園の近くに住んでいた頃、毎夜アシカのメッセージが届いた。音声は坂をかけ上る。狭い南北間に、三本の幹線軌道や二本の国道が並んでいる土地では、日中は騒音でアシカの声など全然ききとれない。ところが、そうした音の途絶えた夜ふけ、仕事机にむかっていると、そのわたしによびかけるように、アシカの遠吠えがきこえてきた。

仕事の手をやめて、夜の動物園を思った。深夜、アシカは何を思って、声をあげているのか。月光をうけた池の面に波をたてて、すいすい泳いでいるのではないか。岩の上に黒く光るからだをねそべらせて、さらさらと吹き散る桜の花びらにまみれているのではないか。アシカが吠えると、わたしも吠える。

いつか、昼間の動物園でアシカの池をのぞいていると、賢そうな目でこちらをチラとみて、泳ぎ去ったアシカがいた。動物園のアシカは調教されていない。ただ、かこみの中の一隅にのびているか、泳いでいるか。この八瀬の舞台でみるような「風のように速い」キビキビとしたアシカの動きは、みたことがなかった。

せいぜい、餌のイワシを投げると、ポンと水面に高く飛んでくわえるのをみる程度。おとなしいアシカの目には、次から次へ訪れてのぞきみる「人」が、どんな獣と思われているのだろう。こちらは檻の外に在る者ながら、自己束縛の耐えがたさにうめく。アシカのうめきに、みずからの鬱屈を重ねていた。アシカはいつか心通う仲間であった。

のぞきこむ者を片目でチラと見たその目は、よく物語る目であった。感情の照りが、にじみでていた。あの強い一瞥《いちべつ》。それは決して弱くあわれな「とらわれもの」の目ではなかった。人よりも人がましい「対等」の目であった。

京に移って、やがて十年。八瀬遊園も岡崎動物園も遠い。アシカの声は、家にまで届かない。五頭のアシカが次つぎと美しいフォームをみせて、残念ながら、これでおしまい。六頭のうちの二頭は、けんかして鼻先きをぱくりとかじられて休んでいるという。玉をのせたり、つきあげたりする扱いは、すべて鼻だから、鼻のけがでは万事休すだ。

まだ小さい二頭は、ひとつの水槽にいれられているのだが、やはり、ときにはむらむらと同士相討つ血気があふれるのだろう。

玉のりはアシカにはできないらしい。玉の上にたったり、玉にのって玉を動かしたりするには、アシカの短い尻尾脚では無理か。その代り、おなかを樽にのせて、胸ビレ脚であやつる樽まわしがある。

てのひらでまりをつくのでさえ、思いの外のところに飛びやすい。運動神経と反射運動がうまくいかないと、みすみすの失敗をする。アシカたちは、すぐれた全身感覚をもっているようだ。鼻の先きのとがった部分にあてるか、すこし鼻の上にかかる扁平な部分にあてるかで、ボールの飛びようがちがう。じつにうまい。

「日曜日なぞ、たくさんの客が見ていると、アシカちゃん張りきってパッパッパッと動きます。人がみてないと張り合いがないのか、のたのたして……」

同じアシカでも、調教をうけて演技をこなす能動的なアシカと、ただ餌を与えられるだけの受動的なアシカとでは、心の張りようも、身の動きも、ちがうはずだ。

■同じ生物仲間として

昔は人でも獣でも、芸を仕込むのに虐待的訓練がみうけられた。食事を与えられず、叩かれ傷つけられ、しごかれた。だから幼い頃、軽業団にさらわれるとこわいよなどと教えられて、おびえた。いまでも、動物の調教を動物虐待だとする気持がぬけきらないのは、昔の恐怖がのこっているからではないか。

動物愛護の目的ならば、まず捕獲をやめること。動物園や水族館などなくしてしまうことだ。愛する一群から強引にひきさかれ、出生地の自然とはひどくちがう異郷に見世物の苦を強いるのはやめること。人間の見聞をひろげるための動物園・水族館に集められた生きものたちは、いわば犠牲者である。

けれど、おびただしい生物仲間を食べて生きる人間われら。いったい、どこからどこまでを愛護というのか。虐待というのか。

「牛肉を食べているなら、一度自分で牛を殺しなさい。たとえ血の気を失って倒れても、吐きながらでもいいから、自分で斧をふるって殺しなさい。自分で殺さないで他人に殺させて、動物愛護だなんて。金で肉を買って食べる者が、牛を殺すことを残酷だと顔をそむけるなんて。食肉処理の仕事や、その働き手を差別するなんて。まったくナンセンスです」

といわれて、それこそ青くなった覚えがある。たしかにそうだ。

大自然に生きる珍らしい生物を直接眺めることは、同じ生物仲間としての自分を謙虚に思い知ることだ。想像もできなかった数々の未知の仲間にめぐり合うよろこびと感激は、尊いものがある。そして、多くの民衆にこうしたであいをもたせる施設は、ことのほか深い愛情をもつ人びとによって生かされている。山本・山田両氏に対する「アシカちゃん」の慕いよう、信頼のしようは、たいへんなものだ。

「寝顔は可愛いですよ。岩の上に肩を寄せてね。いびきや寝言もいいますし、おならもします。餌食わん時は病気ですね」

まるで子供を育てるように便を調べ、食慾に心をくばる。購入当時のアシカには、鯵を小さく三枚におろして、粉ミルクをまぶして餌つけするそうだ。

この地は谷川の清麗な水に恵まれ、惜しみなく水槽に水を注いでいる。水道とはちがうおいしい水だ。ただ、海水ではないので、目が白濁しやすい。海水のほうがいいけれど、海辺ではないので、洗い流しにできるだけの多量の海水を運ぶのは無理なのだ。環境はいい。空気・太陽など、清潔な土地である。檻への通路をあけておくと、事務所まででてきて泊ったりするそうだ。

「失敗なさることがありますか」ときくと、「餌を忘れていると、カパーと太ももを噛まれます」と、笑われた。分厚い前かけをして、噛まれないくふうをするそうだ。

アシカは夏場が弱い。ポポンエスやビオフェルミン、それにめがね肝油などが毎日、与えられている。鼻をかじられたアシカに塩をふりかけたら、傷にしみこんだのか痛そうにしたという。涙をこぼしたかもしれない。けれど海水を思って、ときどきは塩を入れておられるのだろう。

イルカの言語があるときく。イルカもアシカと同じようにすぐれた感覚をもつ。当然、アシカのうめきは、言語だと思われる。面白いことに、いつもいちばん先きに舞台にでるアキが、何か気に入らず、いやがって水槽へ戻ってしまったら、次もその次も、みんなふしぎにいやがって、帰ってしまうそうだ。こちらにわからぬアシカ語で、ちゃんとサインが送られているのらしい。

ふつう十頭から十五頭もの女をもつといわれる男性だが、ゴンはつつましい。さすがに、雌をよぶ時の声は、独特の調子を帯びて断続的にひびき渡るという。その切迫した求愛の声は、きいたことがない。きいてみたい声のひとつだ。

他のアシカたちは肩より添わせて眠っている夜に、何を思って吠えたのか、あの王子動物園のアシカの声は。歌だったのか。呪文だったのか。ため息だったのか。歓喜だったのか。アシカ語の翻訳はむつかしい。

「何か物を渡せば、ひとりで遊ぶ」といわれる可愛いアシカたちに、わがアピールとしての赤い軽いボール玉をひとつ、投げいれてあげればよかった。お互いに鼻でつきあげて、勝手に遊んだかもしれないのに。

玉《ぎょく》樹《じゅ》

■他の者への心くばり

すさまじい雷鳴とともに、電気がパッと消えた。ただならぬ雷鳴である。

ふだん、しっかりした性格の助け手でも、雷はべつだ。家中のガラス戸をとざして、電源を切り、まっくらななかでうずくまっている助け手を笑ってはげます。「大丈夫よ」といって電気をつけた途端の大雷鳴と停電である。さすがにひやりとする。自分ひとりの時よりも、ずっとこわい。

子や、親や、身動きならぬ病人など、守りたい人びとをかかえていると、どんな思いがすることか。不断に、そういう心づかいのなかで暮している人びとに比べると、わたしは、まことに非情の場に生きていると思う。

助け手はつねに、わたしを助け、支える心くばりでいっぱいである。助けられることに慣れている甘ったれが、その人の思わぬ弱みに、ふと保護者的な気分をとりもどす。そして日常の生活、なんとなく優雅に暮していると思われているらしい日常の自分が、どんなに無責任な、荒れた心情で生きているかが自覚される。

愛というものは、大きな束縛だ。「その人のために役に立ちたい」「その人をよろこばせたい」「その人を守らずにはいられない」思い。相手へのいつくしみが念頭から離れない時、その愛は重い。ときには苦しい。ときにはうらめしい。愛すれば愛するほど、相手へのうらみつらみも深まる。

母を置いて、「ひとあしお先きに」死のうとしたのも、母への配慮にひかされて、自己の考えを貫き通せない自分に呆れたからでもある。いま思えば、母より先きに死ぬ決心をした時から、わたしは愛という、尊ばるべき心情を棄てたのだ。自己愛ばかりのいやしむべき根性に成り下った子を全身でさとったかのように、母は突然の脳出血で、たちまちこの世を去った。自らの死で、子を解放した。

仲好しの親子であった。気の合う母子であった。晩年に「今がいちばん幸福です」と言っていた母を知っている人びとから、「親孝行ですね」といわれた。

「親孝行」なわたしは、もっともよく母に心配をかけた者。それでも「親不孝な奴」といわれたら、やはり腹が立つだろう。母をよろこばせようと思う心が親孝行なのだったら、そうよばれても不自然ではない。

けれど、わたしは知っている。あの日、わたしは母に微笑を惜しんだ。機嫌をとるように、笑いかける母に気づきながら、気づかぬ振りをした。他の人にはできないことを、母にはした。母への愛と信頼のゆえに、母の甘えに溺れるのを避けた。子をよろこばせ、微笑み返されることを期待していたであろう母のさびしさに、責められる。

人は、機嫌よく「お休み」を言うべきである。毎夜、死に就くにひとしい眠りに入る。そのまま意識を失い、「さよなら」も言わず、別れの目を見合わしもしないで息を引きとるなんて。母に鮮やかな先手をうたれ、急死された時、母の機嫌のよい笑顔が感じられた。

「どうです、伊都子ちゃん。うまいこと死にましたやろ」

のこされた者は、頬を打たれっぱなしである。

当時の女性としては大柄なほうであった母だが、地震や雷には弱かった。遠くのほうでごろごろ鳴りだすと、すぐに雨戸をたてて蚊帳《かや》を吊った。「あなどって、つまらん結果になったら、何にもなりません」というのが口ぐせだった。おびえる母が可愛らしくて、こちらが強くならずにはいられなかった。見送って十六年も経つ今日でも、母をかばってき、っとなった非常の際の気持が、ふと思いだされる。

たしかに、わが身だけをかまえばよい時は気が楽だが、かばうべき者がいる場合は、おそろしさが倍加する。しかし、そのこわさ、おそろしさこそ、いわばわれを忘れて他の者を案ずる、人間らしい情愛のひとつだった。

まっ暗なままでは何もできない。用意してある燭台に火をともす。たてきった戸のすきからはいる風で、焔《ほのお》がゆらめく。ほのほのとゆれる蠟燭《ろうそく》の明りの下で、冷たい白桃の皮をむいた。助け手は雷が鳴る間は何も食べられないと、はなはだ意気地がない。

蔭の深い部屋の雰囲気は、せかいがまったくちがうほどに暗い。螢光灯下での食事は、消化力がさがるそうだが、電球よりは蠟燭のほうが、いっそう消化力が増すかもしれない。食卓に蠟燭やランプを用意する外国の食事のセットには、あるいはこうした配慮があるのではないか。なんだか、白桃自身の味が、しみじみと、のどにしみ渡るような気がする。

鬼気を感ぜしめた雷光・雷鳴がすこし遠のき、ぱっと電気がつく。明るいな。もうしばらく燭台の雰囲気をたのしんでいたかったと、つい勝手な思いになる。電気がきているのに電球を消して、燭台のみで暮らすのは、現在ではいささか趣向が過ぎよう。必然性をもつのでなければ、燭台が浮きやすい。

この燭台は、槐《えんじゅ》の木で作った素直な形だ。木をどういうふうに削ってあるのか、木目《もくめ》の渦が面白く流れている。自然の造型・造紋のすごさが、この小さな燭台にも、はっきりとうかがえる。ふき漆である。素木《しらき》の品も大好きだが、素木の清らかさは、汚れやすさ、もろさに通じる。

いつか素木づくりのワインカップをもらったが、ワインをそそいでおくと、木目を伝って下にしたたり落ちてしまった。漆が木に合う。木が漆をよぶのだろう。

■樹と人と

槐《えんじゅ》の木は、ずいぶんいろんなことに使われているらしい。木はさまざまな器具の材となり、花や葉や実は、食用や、薬用に使われる。また樹皮や種子が染料になるともきく。どうして木に鬼と書くのか。沖縄では、古木の精霊をキジムナーとよんで畏怖する。何にでも化けるふしぎな能力をもつという。槐の「鬼」の意が知りたい。

同じ鬼でも、この鬼は「悪」でなく、きっと「すぐれた力」の意であろう。周代の中国では、朝廷に三本の槐を植え、太師・太傅《たいふ》・太保の三公が、これにむかって坐ったという。また、この三大臣になった者は、自分の家にも槐を植えたといわれる。天下を支える三本の柱、鼎《かなえ》である三公の位を槐位《かいい》とも、槐鼎《かいてい》ともいった。

こういった歴史的縁起の尊貴からきたのか、そのすぐれた実質的価値からきたのか、槐はまた別名を玉樹《ぎょくじゅ》とよばれている。美しい言葉だ。玉樹といえば、

「東の海に蓬莱といふ山あるなり。それに銀《しろがね》を根とし、金《こがね》を茎とし、白き玉を実として立てる木あり。それ一枝……」

と、かぐや姫が、くらもちの皇子に与えた難題の玉の木を連想する。

くらもちの皇子は、この世の男とは縁を結ぶことができない身なのに、存在しないものを持ってこいと命令した稀代の悪女かぐや姫に翻弄されて、人造の玉樹の枝を作る。「人間国宝」級の鍛冶匠《かじしょう》六人を、千日もおしこめ同様にして、秘密裏に作らせた苦心の作。財宝を傾けてつくったこの玉樹は、よくできていたとみえる。さしものかぐや姫も、難題通りの枝を持ってこられて、途方にくれてしまった。

ところが、くらもちの皇子は、不用意であり過ぎた。工匠たちに禄を与えていなかったから、直接、姫の家に訴えられて人造がばれた。いずれ、この世のものならぬ玉の枝。美々しい玉の枝なんて月の都にだってなかったのではないか。男心をかきみだす悪女は、うるわしい天女である。いわば天女と悪女は同じ女。ご要心さっしゃりませ。

また、玉樹という言葉は、すぐれて高潔な人の風姿を形容するという。とすれば、槐の樹容を賞でてつけられた異称かとも思われる。樹と人と。ともにその品格の高さをたたえる表現なのだ。

玉というには、どこか華麗な光りを感じるのだが、槐は、華麗ではない。玉とよばれるにふさわしいまん丸の花や実を結ぶわけでもない。玉の実ならば、桃や柿、みかんや柚子《ゆず》などのほうに、実感がこもる。

うれしいことに、住まいの近くに槐の並木がある。長い間、何の木かわからないまま、その夏の風情を好もしく思ってきた。御蔭《みかげ》通とよばれるバス道の、田中樋ノ口町《たなかひのくちちょう》から北白川小倉町《おぐらちょう》までのたった一区間だけ、二、三〇〇メートルの槐並木がある。

小さな楕円形の葉がニセアカシアに似ているので、はじめはニセアカシアかと思っていたが、花が青ばんだ黄を帯びて咲く。そして夏の盛りひと月ほどの間、順次に花咲き、夏の終りには、ほろほろと散っていく。味気ない舗装路ではあるが、高い梢《こずえ》から落ちた小蝶のような小花が、歩道いちめんに散りしくのが、うれしい。

東大路を、里《さと》の前《まえ》から東に折れると、こんもり茂ったトンネルのような槐並木が見える。落葉喬木で、ま冬は幹がむきだしだ。それでも、すがすがしい情感がある。春の若葉、夏の茂り。

『牧野　日本植物図鑑』によると、槐の原産は中国、高さは十五メートルから二十五メートルもあるとのこと。

ここは舗装の道に、すこし四角の土をみせた並木植えで、木自身のためには決して恵まれた環境ではない。とくに、年々くるまの通行量が増加するバス道だ。根も幹も枝も、息苦しいにちがいない。高い木でもせいぜい十メートルほどの高さに見える。成長がおそいそうで、背の低いのも、細いのも、まじっている。

枯れたのか、横からすっと細い脇芽が一本のびでた切株があった。だのに、その次通りかかると、だれがどう摘みとったものか、新芽がなくなっていた。切株からもえでていた若い芽は、枯木に生きつづける生命力をみる思いだった。あの、やさしくそよいでいた、ひこばえの芽を、むざと摘みとられたことで、こちらの気も荒れる。

ときどき、このバス道の往来が、はたと途絶えることがある。動くものの何もない時、槐の緑の並木は纖細ななつかしさで、心にしみる。騒がしさは本来の美しさをふっとばすのだ。すらっとたちあがった幹は、細身だけれど勁《つよ》そうだ。樹皮がたてに筋ばっていて、決してなめらかではない。花の咲いていない木があるかと思うと、梢いっぱい空いちめんに、白っぽい花群の咲きみちている木もある。きれいだなあと空を仰ぐ。

あでやかな花ではない。あざやかな花でもない。目にたつ花ではないのに、小さな花の集まりが匂やかだ。

散り落ちてくる花をひろう。しっとりした花びらの感触だ。大きなとんぼのむくろを蟻がひいている。膝をかがめて見入っていると、中に槐の花の、どうやら蕊らしい部分を、ひとり？で抱いて運んでいる蟻がいた。蕊はすこし甘いのかしら。

■いのちのいとなみ

くわしくは覚えていないのだけれど、ひとりの男が夢で蟻の国にいって、豪華な貴族の生活をしたという中国の物語を読んだ覚えがある。男は邸《やしき》の南にたつ一本の古い大槐の下で眠っているうちに、そんなふしぎな夢を見たのだった。目ざめてのちに槐の下を見ると、蟻の穴があった。調べてみると、その様子が夢の中での事情とそっくりだったという物語。槐の霊力を示す物語か。

われわれの民話には、雀の宿や、鼠の浄土がある。蟻浄土、蟻の都の発想は、ないようだ。

蟻がよく部屋にまであがってきて、こそばゆい時がある。「共同生活者みたいでね。ときどき話して遊びますの」と言ったら、何をばかなと思われたのであろう、若い男性から「蟻に言葉が通じますか」と、すこし激した様子で問われた。

「言葉が通じるかどうかはわかりませんけれど、こちらの心は指先のふれ合いでもわかるでしょう。少なくとも、殺気のないことは、わかるでしょう」

蟻に似た日々のわれわれのいとなみ。おいしいものをよく知っているだけあって、蟻自体がおいしいらしい。TVで、蟻が缶詰にされているところをみた。この槐の花芯は、かぐわしい食べものであろう。虫やパンくず、ちりめんじゃこなどをひく蟻をみている。動物・植物・自然食・加工食など、多岐にわたる蟻の食べものだ。

この美しい並木は、神経をいらだたせやすい運転者に好評である。「ここを通ると、気がすっとしますわ」とよくいわれる。もっと長く、もっとあちこちに、槐の並木がひろがるとよい。

このほど京都市と中国の西安市とが友好都市を宣したのにちなんで、円山《まるやま》公園内に記念の槐が植えられた。しかし、槐に対する中国伝来の敬意と愛着は、まだ当方には理解されていない。中国には、各地に美しい槐の並木があるようだ。

北京の天壇《てんだん》には、清朝が成立した時に記念に植えられた槐の並木が、老木の風格を備えてみごとだときく。八億の巨大な人口をもつ中国が、着々とすすめている人民幸福の国づくりは、どのような問題をひめているのだろう。われわれのうかがいしれぬことがあると思う。ただ、革命成立後も、槐並木が保存され、濃い茂りと安らぎをみせているのは、すばらしい。

「何でも破壊」が革命なのではなく、「すべて民衆の幸福のために生かす」目標と意義の転換が、革命の本質だった。

日本の道は狭い。とくに、空襲をまぬがれた京都の道は狭い。桜並木、柳並木、すずかけ並木、銀杏《いちょう》並木……。他にもさまざまな並木があるが、もっともっと豊かに、美しい並木道をふやしてほしい。

近所の疏水《そすい》に、両側から枝をさしのべていた桜並木は、春のたのしみのひとつだったのに、下水工事で大木の列が、あっというまにとり去られてしまった。どこへどう移されたのか。あとには細く小さな若木が、今度は片側にだけ植えられている。

いつか、ユーカリの栽培を研究しておられる方の「並木にはユーカリを」という提唱を聞いた。ユーカリ並木も、よいにちがいない。ただ「ユーカリは公害に強い木だから」ということだと、ちょっと心が重い。たしかに、日々汚染度の濃くなる町に、弱い木を植えるのは、枯らす危険が大きい。「強い木」が求められるのは当然だ。

けれど、木は人間と同じ生物の仲間。その緑の健在によって、われわれは呼吸を助けられている。花や、葉や、樹皮や樹相に異常があるとしたら、それは、人間にとって危険な知らせである。

黙示と予告にみちた尊い生存の仲間を、われわれはもっと大切に考え、その啓示を素直に見たい。公害に強い木のみを植えるのは、弱き存在（それは人間を含めて）を切りすてることになりやすい。

むしろ、公害に敏感な木々を、町に植えこんで、その繊細な全身的報告に注目したい。その滅びを防ぎ、その生存を守り、その成長がすすめ得られる時……人間社会も、人間が正常に生存できる環境を作ることができるのではないか。

北白川の槐並木は、四十四、五年前に植えられたものらしい。そのころは、都心からやや離れた草深い趣きがのこっていただろう。多様な店舗が軒を並べるようになった北白川界隈の、ここ数年の変りようはいちじるしい。どういう人の企画で、槐がこの地に植えられたのかは判然としないが、その愛が、人びとの心に清らかな蔭を与えつづける。

鬼の木は雷を招くのだろうか。空海が加茂川東岸に槐の木を植えたところ、雷はみなそこに落ちたという伝承（『京都民俗誌』）がある由。これは空海の念力物語か。

京の雷は、なかなか激しい。菅原道真《すがわらみちざね》のたたりといわれて、朝廷をおそれさせたほどの猛雷とどろく土地柄だ。避雷針の無かった時代に、もし槐が雷をよぶと決まっていれば、ずいぶん便利だったろうが、まさか、まさか。ここへ家移りして七年、槐並木に落雷したことは、一度もない。

玉樹は樹であると同時に、人でもあった。玉樹と形容せずにはいられないお人は、槐のように毅然として、しかも嫋々《じょうじょう》たる風韻の持主なのであろう。昔の人は、樹に人の姿を見た。

いまはその心を失い、樹を消耗品として見殺しにする。

飴《あめ》玉《だま》

■詩人の訴え

「エー、大豆飴《だいずあめ》だよ。胡麻《ごま》飴、南京豆《なんきんまめ》の飴、とうもろこしの飴、もち飴、うるち飴、粟《あわ》飴、鬱陵島《うるるんどう》の琥珀《こはく》飴、九十九ひろのゴム飴だよ……」

大きな鋏《はさみ》で、がちんがちん虚空をきる音がひびく。飴売りがあらわれた。客席のなかを、飴の振り売りが通る。肩から木箱をぶらさげた飴売りは、劇中の登場人物であった。飴をひとつずつ、客にサービスしている。客席がさざ波のように揺れる。いつのまにか飴売りは五、六人になった。観客は、こそばゆそうな顔になって、飴をもらう。わが手にも隣りからひとつ。おとなばかりの客席に、ひととき、幼な心がよみがえる。

飴玉。なつかしい飴玉。

飴玉を口のなかにほうりこんで、舌でまろめてあまいつゆを吸う時、緊張がふと、ほどける。

「二人でなめて二人が死のうが知らないよ、うまいうまい蜂蜜飴だよ。砂糖飴、チョコレート飴、ドロップ飴、キャラメル飴だよ。まじりっけなしの本物の飴だよ」

わたしは、まだ見ぬ韓国の首都ソウルを、心に思い描く。人口六百万を越えるときくソウルに生きる人びとを思う。この劇の主人公であるひとりの飴売りは、「飴売り十年、残ったものは、犬も喰わない愚痴ばかり」「いくら汗水流して働いてみたって、五人家族食わすこともろくにできねえ」貧しい行商人だ。

ソウルの目抜き通りに、たかだかと建てられているときく李舜臣の銅像。その像のそばに、飴売りは近づく。貧しさに疲れ果てた飴売りの純な魂にむかって、李舜臣像は話しかける。

「国土は二つに裂かれ、倭人《ウェノム》（日本人）が、ふたたび鉄を熔かし刃を鍛えているというのに、民衆は互いに信じあおうとせず、牧者（為政者）は、民衆を刑罰だけで治めようとしている」

「あんた、儂《わし》のこの銅の殻を、どうか脱がしてくれ、儂は白衣一枚でたくさん、儂はその白衣を羽のように着ては、ふわりふわり飛びたちたいんじゃよ。ここから脱けだして一度、

民衆のなかへ飛び込んで、思う存分生きてみたいものじゃよ」（姜舜訳）

劇団「民芸」公演の『銅の李舜臣』をみているうちに、劇の冒頭、口にいれた飴のあま味が、胸にほろ苦くかえられてしまう。この劇に託して、作者金芝河《キムジハ》氏が訴えるものはなにか。

バルチック艦隊を撃滅した東郷平八郎提督は、その祝宴で多くの人たちから、古今東西の名将になぞらえられ、讃美された。その時、「朝鮮の李舜臣提督のごとき名将」といわれたとたん、襟を正して「自分を李舜臣提督と同列に並べるのは僭越《せんえつ》」として、自分が李提督に及ばざる三つの点をあげた（『ある韓国人のこころ』）という。

秀吉軍侵略当時の朝鮮陸軍は弱体で、「つねに水軍は基地をおびやかされ、補給の道をとざされ」ていた。そして李舜臣は「功をねたむ徒輩《とはい》のそねみに悩まされ、王命によって危うく一命をおとす窮地に追いこまれ」た。無位無官、一民衆として白衣の従軍をしたこともある。

かつて朝鮮は他から侵略されても、他国を侵略したことはない。だが自らを守るためには、民衆がたちあがる。

秀吉は、戦国時代の、戦闘にあけくれた日本の諸軍を、戦いの訓練も用意もない朝鮮にさしむけた。無人の野をゆくがごとき勝利がつづいたのも当然である。のび切った秀吉軍の士気を停頓《ていとん》させたのは、補給路の心配だ。全羅道左水使《ぜんらどうさすいし》李舜臣は「劣勢の艦船をひきいて十戦十勝の戦果をおさめ」た。そのため、秀吉はついに渡海できず、朝鮮は朝鮮をとり戻すことができた。

朝鮮第一の名将、李舜臣が生きてあれば、現在の朝鮮半島の在りように、どんなに心痛むことか。民衆の心は、生きた李舜臣の出現を熱望する。

銅像のそばにきては、ののしりながら眠る乞食詩人《こつじきしじん》は、

「本物の李舜臣将軍はね、眼つきがきらめきながらも、哀しみと慈《いつく》しみが同時に宿されていたもんだ」

「こら偽物！　おれも偽物なら、お前も偽物だ。みんなが偽物さ！」

「夜をみて昼だと言い、闇をみて光だと言い張る馬鹿……」

などと、からみついて、泣く。

……

肉体の死は束の間の喪失

魂の死、ことばの死、永遠の喪失である死
おまえ詩人の死、時代の死
死の死
死の死の死
死の死の死の死

真実を語るために、詩人は死を賭して、飴売りを登場させずにはいられなかったのだ。

日がな一日、飴を売り歩いて、いかほどの収入となるのか。幼いころ、親戚の家に滞在していた間だけ、紙芝居を見ることができた。拍子木《ひょうしぎ》の音がきこえてくると、子どもはわくわくした気持で家をとびだす。従兄妹たちといっしょに、町角にとめられた自転車芝居の前にたつうれしさは、家にいては味わえない解放感だった。

飴を二つ。現在の連続漫画が、紙芝居の系統をつぐのであろうか。それにしては、へんにセクシャルで陰惨な画や筋の作品が、児童物や少年少女ものに、ときどきみうけられる。昔の紙芝居にだって、怪奇物、探偵物などがあったが、何といっても天が下、太陽を直接に浴びながら町角で見物する雰囲気は、明るく健康なものだった。

いまの小さな人たちは、町角を奪われ、道を奪われ、太陽を奪われている。そして近所の友だち同士、肩を並べて観劇するあったかい仲間意識を奪われている。そういう時の飴の味を奪われている。

民主主義でも、国や事情のちがいによって、まったくちがった様相をみせる。この国での民主主義は、自主性をあいまいにした無責任な形に流れ、金権による政治の横行が、むなしさと飢えをはびこらせる。大韓民国の現在は「民はたえはて、残ったのは、あやつられる人形だけ」(咸錫憲《ハムソクヒョン》氏)と嘆かれる。

倒産・窮迫の知人のしらせがつづいた九月。そして、米・国鉄運賃・ガスその他の、大幅な値あげで、十月一日から、この国における貧富の差は、さらに深まった。物価狂乱の一九七三年以来の転落感が、いよいよ現実に、のっぴきならない貧困に追いこまれていく。

「どうして生きていこうか……」

苦しむ者が目に見えて多くなる日々、やり切れない怨嗟《えんさ》の声が施政者には届かないか。

■祈りこめて飴づくり

大津市に、昔のままの方法で、飴を手づくりする下村家をたずねた。ちょうど、当主の善三郎氏が、六キロもあるという煮つめた飴のかたまりを、造りつけの柱の「ひき木」にひっかけて、ぱったんぱったん、叩きつけるように練る作業の最中であった。

「さんわん」とよぶ茶色の砂糖と水飴をまぜて、百三十度から百四十度の熱に焚きつめた飴で、「どんぐり飴」が作られるところ。

透明な飴のかたまりを、うちつけて練ると、白濁した茶色に、色が変わっていく。それをかたくり粉をひいた大きな板の台の上に置く。天井から吊りさげられたストーヴで、かたまりが冷えないように、ぬくめられている。電気の当る部分をまめに置きかえて、全体に温度が行き渡るように心がくばられる。

かまどの鍋には、グラニュー糖と水飴が、ふつふつと、きれいな透明の泡をふいていた。ときどき、さしいれてある温度計の熱をみて、適度に煮つまったら火からおろし、木の大だらいの水に浮ばせた赤銅《あか》の小たらいに移す。極熱の飴を、手に持てる程度まで、冷やすためだ。

作業の間は、次つぎに仕事を進めないと、手順が狂う。

奥さんは、「十年前から習いはじめたところやから、まだまだあきませんけど」といいながら、熱い飴が、冷えて白くなっていくふちの方から、そっと折り返して飴の温度の平均化を許られる。さぞ熱いにちがいない。

「そうどす。はじめは火傷《やけど》ばかりして、痛んで困りました。でも、すこしずつ慣れてきて」と、くるくる、銅の小たらいを水の上でまわしながら、飴を折りたたむ。そしてこれもまた、ぱたっぱたっと、「ひき木」に打ちつけて、ひき練る。透明な飴が、白く輝く。まるで上絹のかせのように、純白になる。

これが飴の表を包む皮になった。

白いままのを線用にすこし残し、あとのかたまりにニッキとチョコレート色の食用色素を加えて、台の上で練る。それを広く薄くのばして、そこへ、冷え切らないように電熱であたためていた大きな飴の芯を包む。それを、柔軟にこねながら、白飴を何条か細くのばしてつける。細長い浮き袋のようになった縞入りのかたまり。

「もうこれでいいんです。これで飴になります」といわれても、よくわからない。こんな大きな飴が、どうして小さなどんぐりになるのか。

細長いかたまりの一端が、下村氏の手にかかると、ろくろ首のように、するするといくらでも伸びだした。その細くのびた飴を鋏で二十センチぐらいに切ってゆき、細さをそろえて、金属の切断器に並べ、上から蓋をしておすと、ぼろっと飴玉がこぼれる。まさしきどんぐりの姿である。

切りくちがきゅっとひきしまって、茶色の中身がみえない状態だと、うまくいったことになるとか。それを、布をひいた台の上に並べて、奥さんが素手で、まろめるように撫でつづける。まだあたたかいので、姿をととのえる余地がある。見ていると、「可愛い可愛い」と、いとおしんでいるようなやさしい手つきだ。

昨年、亡くなられたおじいさんが二代目。

「わたしらのもろてもろた時分は、店はたんとの人で、飴のほかにも焼き菓子や落し焼もしてました」

と、にこやかに語りながら、手袋をして飴をみがき、みがきあげた飴を広く浅い器にいれていくおばあちゃま。

長男、次男は外の職業について家を出たが、三男坊が、一生を飴作りに貫いた先代のあとをうけついだ。

手づくりの仕事は、なかなか若い後継者を得難い。同じ大津にも、他に飴づくりをする家があるけれど、当主のあとつぎがなくて、止めるときく。下村氏は二十歳ぐらいの時から、父の飴づくりを手伝い、すでに二十年を経た若き当主だ。そして、家付きの娘でもこうはいくまいと思われるほど、飴づくりに熱情をもつ女性を配偶者に得られた。ご主人に学んで、すこしでも身につけよう、そして、立派に飴づくりの店をつづけようという熱意があふれていて、好もしい。

店先きには、手づくりの飴が、ビンにはいって並んでいる。どれも百グラム五十円。「日本人は、ハッカよりもニッキの方が好きなようで、ほとんどニッキがはいります。甘い生《しょう》姜《が》板は、この頃あまり出なくなりました。どんぐりは割に、よくでます」とのこと。

古い構えの店内には、グラニュー糖の袋や、無色透明の水飴の缶が幾つも並んでいる。八つの酒壺に八つの首さしいれて酔い痴れた八岐《やまた》の大蛇《おろち》が、もし甘い物好きの怪物であったなら、八つの首をさしいれて、この美しい水飴をなめまわしたかもしれぬ。清水よりも清らかにみえる、輝きのある水飴だ。

いまは、じゃがいもや、なんばきびからとった水飴を、原料に使うことが多いらしい。記憶にある水飴は、うすい黄色を帯びていた。それは米麦からの水飴で、高価になるそうだ。

水飴と砂糖の質や量のくみあわせをくふうして、各地に銘菓とよばれる飴が数々できている。まざり気のすくない、純な甘味の露のような飴がある。黒砂糖は黒砂糖の魅力をもち、白砂糖は白砂糖の気品をもつ。できれば自分の祈りを托して、含めば愁いのふき払われる神気を飴にこめたいもの。

お二人のてのひらは、少女のように紅に染まっている。飴の芯と、外皮にする飴との固さや温度が同じ程度でないと、しっくりなじまない。どちらが固くても熱くても、うまくゆかないという。

まるで、親のために勉強してやっているといった、尊大な子をみかけると、こちらの心が重くなる。下村家では、家業に、生活に、子どもたちが自然に参加し、手伝うそうだ。うれしいことだ。勉強のよくできる、本好きの坊やらしく、学校から帰ると、すぐに明るい店先きにでて本を読んでいた。

■気力の飴玉

何年か前の秋、いささか盛りを過ぎた紅葉の修学院をおとずれたことがある。尊敬する老先生のおともで、取材でない散策は久しぶりであった。ふだん、散歩で足を訓練しておられるとかで、この日も薬草園を歩く時はお元気だったが、中の茶屋あたりで急に疲れた様子がみえた。

「しまった。飴を持ってくるのだった」

　こんな時、ひと粒の飴を含むと気分がかわる。すこし疲れが休まる。隣雲亭《りんうんてい》への急な段も、ゆっくり支えながら登りおりしたのだが、紅葉橋あたりの散り紅葉の鮮かさに、つい手を離して紅葉をひろったのが悪かった。追いついた時、池のそばで、急にくずおれてしまわれた。同行の男性二人が、救急車や警備員を頼みに走られたあと、晩秋の夕迫る寒さのなかで、しんしんとひとり見守りながら、飴持たざりし後悔をくりかえした。

「飴をねぶらされて」良心を麻痺させる飴がある。そんな飴を口にしてはならない。人を化物にする飴ではない。良心を安らげ、力づけ、充実させる飴玉は、化物を人にする尊い甘味として生かさなくては。

　有名な幽霊飴の伝説は、妊婦が死んでほうむられたあと、棺の中で生まれた赤ちゃんを飴で養ったとされる。母乳代りの飴。

『日本名菓辞典』（守安正著）によると、「飴が麦芽によって大量に生産されるようになったのは江戸時代の初期」だそうだ。

「虚冷《きょれい》を補ひ、気力を益《ま》し、腸鳴り咽痛めを止め、吐血を治す。脾《ひ》弱くして食を思はざる人は、少しく用ひて能く胃の気を和す」(『和漢三才図会』)という飴湯の効能は、『和菓子の系譜』(中村孝也著)によって承知したが、生来、虚弱のおかげで、身をもって飴玉の効能をも知っていた。だから元気をとり戻されてよかったとはいえ、老先生との同行に、飴持たざりし不用意が悔まれたのだ。

はじめて沖縄に渡った六年あまり前のこと、石垣市の石垣美しい家並を歩いていて、自作の飴を振売りするおじさんに出逢った。大阪の十三《じゅうそう》で修業したと話された。大好きな素朴な、さらし飴だった。石垣のどこかで、あのおじさんが、今も飴を手づくりしておられるとうれしいのだけれど……。

手づくりの飴玉を何種類かわけてもらって、下村家をあとにする。今夜からしばらくは、この飴玉が、仕事に疲れたわが心身を慰めてくれるだろう。

獄窓に痛恨やるかたない詩人にこそ、おびただしく苦しめられている良心の人びとにこそ、気力の飴玉は届けらるべきものなのに。心苦しさ限りない飴玉である。

玉依《たまより》ひめ

■玉依ひめ伝承

京都、賀茂川と高野川の合流する地点の高野川に、河合橋が架かる。河合神社への参道か。河合神社は糺《ただす》の森の一画にある。正式には鴨川合坐《かものかわいにます》小《お》社宅《こそやけの》神社《じんじゃ》。二筋の川が合流し、より大いなる河となって、平安京をうるおす。その「河合」の神社である。

大自然の妙なる造型、不可思議なる現象への尊崇畏怖のこころ。人力の及ぶべからざる神聖感への、素直な敬仰による各地の地主神《じぬしがみ》のひとつであったろう。

この、河合神社の祭神は玉依姫《たまよりひめ》となっている。下鴨神社の新木直人氏から、下鴨神社の祭神である玉依媛《ひめ》とは、「姫」と「媛」との字のちがいで区別させているとおききした。同じ、玉依ひめであるが、これは別の女神を指す。

河合神社の玉依姫は、神話伝承による「海童《わだつみ》の少女《おとむすめ》」（『古事記』）である。

いわゆる「海幸彦・山幸彦」のくだりで、兄の釣針を失った山幸彦が、海神の宮にみちびかれ、海神の女《むすめ》豊玉姫と結ばれる。失った釣針をとり戻した山幸彦は、海幸彦にそれを戻すが、海神から与えられた塩盈珠《しおみつたま》・塩乾珠《しおふるたま》で兄を悩ます。

豊玉姫は、子を生むために海中から海辺の産屋《うぶや》にきた。鵜《う》の羽で葺く産屋の屋根が、まだ葺き合えぬうちに出産が迫り、八尋《やひろ》わにと化《な》って子を生む。鵜葺屋草不合命《うがやふきあえずのみこと》である。

豊玉姫は、「見ないでほしい」と頼んだ約束を破られて、自らの正体がみられたのをうらみ、海中に去る。いとし子葺不合命に、妹の玉依姫をつけた。玉依姫は、姉の子である葺不合命と婚して、五瀬命《いつせのみこと》・稲氷命《いなひ》・御毛沼命《みけぬ》・神倭伊波礼毘古命《かむやまといわれびこ》(『古事記』)を生んだという。神倭伊波礼毘古が、のちのいわゆる神武天皇である。

神武天皇の母玉依姫を祭神としたのは、いつごろのことか。平安遷都によって、さまざまの社の祭神が変化したことと思われる。また中世においても歴史の転変や、権力者の意向が祭神を左右した。

下鴨神社は、賀茂御祖神社《かものみおや》。賀茂氏の祖神である賀茂建角身命《かものたけつぬみのみこと》と、その女玉依媛とをまつる。『山城国風土記』の逸文にある賀茂社成立のくだりは、有名な説話だ。

賀茂建角身命は「日向《ひむか》の曾《そ》の峯に天降《あも》りましし神」とされる神。

「大和の葛木山《かづらぎ》」に宿り、次に「山代《やましろ》の国の岡田の賀茂」に至り、さらに山代河〈木津川〉をくだって「葛野河《かどぬ》〈今の桂川〉と賀茂河との会《あ》ふ所」にたち、賀茂川をみはるかして、「狭《さ》小くあれども、石川の清川《すみ》なり」といった。

賀茂川は、石川の瀬見《せみ》の小川と名づけられた。そこからさらに北上して、「久我の国の北の山基」に落ち着いた。その時から、このあたりの土地を賀茂というと記す。渡来氏族の移住の道筋をみるようだ。

建角身命は、丹波の国の神伊可古夜日女《かむいかこやひめ》との間に、玉依日子《ひこ》・玉依日売《ひめ》の兄妹をもうけた。この玉依日子が、賀茂県主《あがたぬしら》等の遠祖とされ、「すぐれた妹の姫神と御子とを守護し信奉することによつて、まづ最大の恵沢を受けた者は、玉依彦と其後裔子孫とであつた」と『妹の力』〈柳田国男〉に語られている。

「すぐれた妹の姫神」が、玉依姫である。

玉依日売、石川の瀬見の小川に川遊びせし時、丹塗矢《にぬりのや》、川上より流れ下りき。乃《すなは》ち取りて、床の辺に挿し置き、遂に孕《はら》みて男子を生みき。

浅い川瀬が透き通って見える「瀬見」の小川。ちろちろと足にまつわり流れる水に揺れる陽の光り。川が通い路となって恋を運んだ。玉依日売の生んだ男が成人した時、

外祖父、建角身命、八尋屋《やひろや》を造り、八戸《やと》の扉を竪《た》て、八腹《やはら》の酒を醸《か》みて、神集《かむつど》へ集《つど》へて、七日七夜楽遊《うたげ》したまひて、然して子と語らひて言りたまひしく、「汝《いまし》の父と思はむ人に此の酒を飲ましめよ」とのりたまへば、即《やが》て酒坏《さかづき》を挙《ささ》げて、天《あめ》に向きて祭《まつ》らむと為《おも》ひ、屋《や》の甍《いらか》を分け穿《うが》ちて天に升《のぼ》りき。

この子が、上賀茂神社の祭神、賀茂別雷命《わけいかつちのみこと》だ。『風土記』では、玉依日売によりついた丹塗矢を、「乙訓《おとくに》の郡の社に坐《いま》せる火雷神《ほのいかつちのかみ》」とする。が、『古事記』では、「鳴鏑《なりかぶら》を用《も》つ神」松尾大社祭神大山咋神《おおやまくい》が、玉依日売の生んだ別雷神の父であるとしている。

この玉依ひめ伝承には、「秦《はた》氏の女が葛野河で衣裳を濯《すす》いでいる時に矢が流れてきた……」(『秦氏本系帳』)の伝承も含まれるのか。

京の地に巨大な勢力をもった秦氏・賀茂氏の祖神が、川に生きている。

■白い矢羽根

神武天皇の大后伊須気余理比売《いすけよりひめ》を生んだ母、勢夜陀多良比売《せやだたらひめ》のほとを突いた丹塗矢は、三輪の大物主神《おおものぬし》だった（『古事記』）。

また、出雲の枳佐加比売命《きさかひめ》が佐太大神《さた》を生む時の、弓矢の話もある。比売が生んだ子の父が麻須羅神《ますら》ならば、亡せた弓矢が出てくるようにと祈ると、はじめは角の弓矢が流れてきた。それを棄てると、今度は金《かね》の弓矢が流れてきた。それをとりあげて暗い窟を射通すと、「光加加明《かがや》きき」（『出雲国風土記』）と、されている。

丹も金も、高貴と権勢と霊力を表すのか。矢は、占有・領有。方向の指示でもある。また、積極的な男の性と、その求愛の意味もあろう。よき稲作には、稲光りと土と水が大切である。激しく光る雷光に、男の精が重なったようだ。

玉依媛の神婚にちなんだ白い矢羽根が、下鴨神社本殿の前の門で売られている。若い二人連れが何組も訪れて、おみくじをひいていく。

六月三十日の夜の夏越《なご》しの神事で、小さな白羽の丹塗の矢を髪にさしたら、鈴がちんちろ鳴った。

七月三十日の足つけ神事には、灯をつけたろうそくを持った人びとが裸足になって御手洗《みたらし》池《いけ》へはいっていた。葵祭《あおいまつり》の斎王がみそぎをする御手洗池だ。この池の水玉を型どって、みたらし団子が作られたとか。さまざまな挿話をもつ池なのに、この日は一滴の水も無い。「これがあの御手洗池ですか」と不審がる。春になると、水が湧きだすのだそうだ。葵祭の頃は、その水だけでは足らないので、塀の向うにある井戸の水をもくみ足すという。

中世の大絵図をみせてもらうと、泉川からひいた御手洗川、奈良の小川、瀬見の小川、賀茂川からひいた川と、糺の森を貫く水脈は整然としている。松ケ崎の山から発した泉川が、下鴨社域に入って御手洗川となり、それが奈良の小川、瀬見の小川と名をかえて、賀茂川に入る。北から、南へ。さらさらと走り流れる川の面影は、いま泉川だけにのこっている。

瀬見の小川のあとは、細くあわれだ。涸れた池につづく御手洗川のそばに、色づきはじめた大公孫樹《おおいちょう》がたっている。かわいた御手洗川に、からからと音をたてて、銀杏《ぎんなん》が落ちてきた。見上げれば鈴なりの実。

本殿は二殿にわかれ、向って右を上位とする。昨年、遷宮があったとのことで、深紅の欄干《らんかん》も屋根や柱も、きれいにととのえられている。向って右の殿が玉依媛、向って左の殿が建角身命とされている。髪が青い狛犬《こまいぬ》で、カラフルなこと、と見ていたら狛犬ではなかった。向って右側の青い髪のは獅子であり、左の銀のが一本角をもつ狛犬だった。獅子と犬との一対が、それぞれ左右両殿の戸の前に立っている。どういう意味があるのだろう。

社殿には中扉がなくて、すぐ帳のむこうにご神体がまつられている由。この社も、二十一年ごとに遷宮するならわしだが、三十六年度の遷宮が、諸経費の都合で、昨年まで延期されていたという。

やはり女神には、化粧道具や衣裳、髪飾、しとねなど、女らしい品々がととのえられ、とりかえられる。きびしい考証があって、その通りに殿内の調度がしつらえられるらしい。社殿無き時代も、磐座《いわくら》の聖域であったと伝える。境内にはみごとな連理《れんり》を示す賢木《さかき》がしめなわで飾られている。

このあたりは賢木が多く、以前は社殿の中にも賢木が納められていたそうだ。糺の森には欅《けやき》の巨木がある。本殿の向って左には、『風土記』にみえる三身《みみ》の社、それがなまって三井の社となった元つ社がある。賀茂建角身命・伊可古夜日女・玉依媛の三身である。

愛を求め、恋を祈る二人の心が、連理の木にとどまる。

■女のよろこびと悲しみと

この夏ひどく目を痛めて、家で髪を洗うことができず、近くの美容院で髪を洗ってもらった。番を待つ間、そこに置かれた女性週刊誌を久しぶりに見て、「まだ、こんなところに」とさびしかった。

男と女は、千差万別である。それこそ、実体は観念や知識とちがう。たとえ同じことがくりかえされても、そのたびに内面にあらたに深くなりゆく思いが大切なのに。説明できない心情をそっちのけに、明らさまな技巧のみの話。

十一年前、『古都ひとり』展の人ごみの中で、高い声できかれた。「あのー、みとのまぐわいって書いておられますが、何のことですか」美しい女性のきき手に、一瞬ひるんだ。「辞典にのっていますから、みてくださいますか」と答えた。うららかに聞かれて、美しく答え返せぬ自分が、やましかった。

女のよろこびと悲しみと、うらみとねたみと、祈りと恐怖と。矢である男の心と、いのちを宿す女の心とは、くいちがう場合がある。そのくいちがいがドラマだ。神の嫁といわれる巫女《みこ》には、男にあわぬ清純の乙女を想像するけれど、まこと神意に敏感なのは、すでに人のあわれを知った者ではないのか。

玉依は、いうまでもなく魂依。神霊のよりしろとなるの意。天の気、地の気、なにものかの気を感じるには、なよよかな女身のほうが筋肉質の男性よりも適している。直観的であり、全身的であり、官能的である。

何事につけても、言語や理屈で体系的に考える男性をとびこえて、直接、啓示をキャッチする場合がある。その代り、感情や感覚で把握した結論を、論理的に証明する力が少ない。

天照大神《あまてらすおおみかみ》は、太陽神を奉斎《ほうさい》する巫女から、やがて神そのものに昇華したとされる。天照大神が弟須佐之男命《すさのおのみこと》の乱暴に腹をたてさしこもった天石屋《あまのいわや》の前で、あやしげなヌードで舞った天宇受売命《あめのうずめのみこと》も、「神懸《かみがか》りし」た姿である。

そんなふうにみていくと、古代の伝承の女人や、女帝などのほとんどが、玉依ひめであると思われる。

邪馬台国《やまたいこく》の卑弥呼《ひみこ》を、「鬼道を以《もつ》て能く衆を惑はす」と記す『魏志』、推古女帝の姿を、「倭王《わおう》は天を以て兄と為し、日を以て弟と為す。天未だ明けざる時、出でて政を聴き跏趺《あぐら》して坐し、日出づれば便《すなは》ち理務《りむ》を停め、云ふ我が弟に委ねんと」と示す『隋書』。

沖縄の玉依ひめは、庶民の生活に深く根づいている。姉妹が、兄弟の身を守る霊力を有しているという、おなり神の思想だ。祭りのごちそうは、まず家中の姉妹にささげる。それから当主がとる。長い旅立ちや戦いには、姉妹の髪の毛や、身についた品を持っていくと、安全だとされる。女王的聞得大君《きこえのおおきみ》は、王の姉妹や后が当った。政は男、祭は女。女人信仰は具体的だ。

■女人の解放なくして

わたしは、敗戦前の教育で、いつも女は男の下に在るべしと躾《しつけ》られてきた。自ら進んで自らの霊力（可能性）をせばめ、うちこわしてきたように思う。女は家事さえよくできたらいい、学問なんかさせると、ろくな者にならぬとされてきたせいもあって、わたしは自分に、兄たちを守る力があるなんて、想像したこともなかった。

兄からは、守られている意識があった。兄と妹が、ともに少年少女から青春期に成長していく間、なんとなくまぶしく、気味が悪かった。

戦争中の千人針で、はじめてひと針ずつの女の力が、男の身を守るという俗信を知った。千人針は、沖縄の手巾《ていさじ》、古代の領巾《ひれ》の名残りか。

愛する異性への献身とか、友人たちへの心づくしは不自然とは思わないのに、兄への妹の力なんて、気はずかしく、生ぐさく思われた。

弱いわたしを可愛がって、「誰とも結婚させたくない」などといっていた仲よしの兄をさえ、何の守りをすることもなく、みすみす戦死させてしまった。妹の力は萎えていた。魂は冷えていた。兄を守らねばならぬという、愛がなかった。霊力なんて考えられない、酷薄の妹だった。

先祖に数多くの玉依ひめをもち、すぐれた先輩女人の実力を知ってもいるのに、いつのまにか、自ら玉依ひめであることを放棄していたわたし。人間としての魂、女としての情念がいきいきと燃えたたぬ身に、どうして神がよりつこう。どうして新しい可能性が開かれよう。男から庇護されることに馴れ甘えて、男を守らずにいられぬ愛を持たない女は、ついに玉依ひめではありえないのだ。

奈良の二月堂で、女人禁制のお水取りの行法にあい、内陣との境の格子の間から手をさし入れて、お香水をそそいでもらったことがある。わたしは歴史的行事への興味にまぎれていたけれど、つい先年までは、女を人間扱いしなかった法律や慣習のなかで暮らした女。

こうした宗教的行事にも自らの女身を否定されて、女たちはどんなにか悲しみ、自己の可能性をあきらめさせられたことか。

そのすぐあとに沖縄久高島《くだかじま》に渡って、男子が立ち入ると逆子《さかご》が生まれるといわれる男子禁制の御嶽《うたき》に、ひとりではいった。三人の男性に、クバ椰子《やし》の倒れた幹を結界《けっかい》として待ってもらい、椰子林のなかの小さな空地に立った。

木洩れ日と、青い空と、静寂と、椰子の葉をしいた空間。それが、代々祝女《のろ》にのみ許された、女人の霊力が生きる場であった。

「ああ、わたしも女だった。この場に立って、天の神、地の神、木の神、水の神、火の神と、話し合うことのできる女身をもっていたのだ」

それまでおよそ考えたこともない女としての感動が、しみじみと心を濡らした。胸を張り、背をのばしてのびやかに呼吸した。

あのようなはればれとした強い女の充足感は、他の場所で味わったことがない。

神司《かんつかさ》も、日常はよく働く民間の主婦である。司でなくても、みんなが姉妹神。少女よりは成女、若女よりは老女を、人びとは尊崇する。

あの、三輪大物主神の活玉依毘売《いくたまよりひめ》（「崇神記」）や、倭迹迹日百襲姫《やまとととひももそのひめ》（「崇神紀」）の伝承と酷似しているが、沖縄の三月三日の民話の結末はちがう。美しい娘が妊り、両親がたずねると夜ごと若者がくるという。

針に糸を通して、髪に刺してあとをつけてゆくと、窟《いわや》の中で大蛇が頭に針をさされて苦しんでいた。娘が三月三日の海にでて、海水で洗うと子が下り、元のからだになった。貴種や神婚ではなく、むしろ、まがまがしき縁を破棄する娘の解放に、重点が置かれている。

吉野水分《みくまり》神社に秘められている玉依姫の像は、等身大のまことに香り高い豊頬の容姿。下鴨神社のご神体もあるいはと思われたが、神像ではなかった。

「わかりませんが、遷宮のたびに新しいおしとねを上からかけてゆくことになっています。次つぎとかけられたおしとねで、かさが四、五十センチ立方にもなっていますが」

と、おききした。

「胸肩《むなかた》の神躰、玉たるの由」などをはじめ、『風土記』にはまた神石の由縁が多く語られている。あまたのしとねをかずいた玉依媛のご神体は、あるいは玉か。互いの胸に、輝かしい玉を抱いて、女人たるの霊力を大らかに育てよう。

女人の解放なくて、男性の解放はあり得ぬものを。

旧版あとがき

『藝術新潮』一九七四年度の連載は、「しゃぼん玉抄」と名づけてはじめた。ふうっとふきあげる泡のようなため息。日々に結ばれるしゃぼん玉に似た思いは、大きく、また小さくきらめきながら、ほんのつかのま虚空に在る。そして消える。そのつかのまの絶対性に、心がゆらめく。

刻々と生まれる一瞬。それは刻々に消える。刻々の死と誕生のなかで、互いに自分をどう創りうるか。どう在りうるか。いまのいのちに宿る思いを素直に書くことで、いまを生きたい。ずうっと心に抱きつづけてきた思いが、ようやく形となったもの、とっさにふきあがった想念、さらに新しく埋めこまれた思いの種子など、書きつづけながらも胸はうずきやまない。

仰ぎ透かす角度によって、紅にみえ、水色が添い、紫にかげり、数々の色を同時に輝かす小さなしゃぼん玉。それは存在の正体だ。心の姿だ。その小さなしゃぼん玉に、天も地も、あたりの木や家も、み入るこちらの姿も、ちゃんと映っている。大きな大きな舞台である。

しゃぼん玉に触発されて、心に近い玉の数々をとりあげた。名や物や概念や伝承……。自分勝手に、玉なれかしと名づけたものもあって、わがままな玉の在りようである。とにかく、この日々の生活、現実からの発想以外には、なにもない。

たとえば、「美学」とか「文学」とか「哲学」とかいわれる深遠なせかいも、「死にたくない」「苦しめられたくない」と願うからだの感覚も、みんな、生活自体だ。ひとつぶの飴玉にも、闘いの詩人金芝河氏の痛苦を貫いて輝く志がしのばれる。ささやかな身辺ごとに、現代の諸問題がつながる。何からでも真実をあこがれずにはいられない。

今回、単行本にまとめるに際し、山高登氏と相談して「しゃぼん玉抄」のタイトルを「玉ゆらめく」とかえた。そのかわり、最初の項目であった「玉は魂」を、「しゃぼん玉」と改めた。

わたしが写真のためのしゃぼん玉を作ろうとしたら、どういうことか、どの液も失敗してしまった。こんなこともあるものか。また、いつまでたっても写真技術のつたないわたしには、しゃぼん玉がうまくつかまらない。ふわふわと動いているはずのしゃぼん玉の、意外な速さにおどろいたことである。

それでは連載十六年目、なお初々しい気持をこめて静かにしゃぼん玉をとばそう。

本音が　言いたい。
いのち　しゃぼん玉。
こころ　しゃぼん玉。

玉　ゆらめく。

一九七五年四月六日

岡部伊都子

追ってがき

冒頭に、師走《しわす》のしゃぼん玉からはじめるあたり、『芸術新潮』連載当時の編集部の方々の自由な広い視野で許されていたことを思いだします。

一九七三年頃、はなやかな消費時代から一転して、すべてに節約を強いられました。遠い時代とは思われない現代の切なさ、繰り返し繰り返し、同質の人界動揺があります。大自然の恐ろしいこと。台風、地震、津波、大旱魃の沖縄先島でみすみす痩せ細った竹富島の牛たちを視て、牧牛で暮していた人たちの辛さ。少しばかりの見舞金集めでは、どうしようもなかったこと。

今日は京都の文化芸術会館で、河井寛次郎展がはじまったニュースを聞きましたが、じつは見にもゆけない体力なので、甥一家の住むマンションの一室へ移って安静にしなければなりません。引越しの荷造りを助け手ばかりに任せて、視ていますと、その中に、あの

「水墨小倉百人一首」が現われていました。

持ってゆくか、持ってゆかないか。自分は何もできなくても、やっぱり荷の中に入れてもらいたく、とても小さな部屋なのではいるかどうか案じながら、それも入れてもらうように頼みました。

九谷焼の風船向付の器や、箸置は、もう三十年も使っていますが、今でも大好き。これも
ダンボールの一角に、他の器、漆器も選んで、大切に持ってゆきます。

玉砕しないで、こんなに長く生かせてもらった私。李夕湖氏に教えられた歴史の証、あの韓国、落花岩へもまいりました。自分もそこから飛び降りたい気分で、百済の天女とも思われる投下女人を偲んだことでした。

世界中の戦争で、どんなに多くの男性、女人や若人、子どもの命が奪われたことか。それればかりは忘れられない、いい加減にできないことがあり過ぎて、苦しい思いを生きている人びとが、年賀状にそのことを書いてこられました。

戦後六〇年となった二〇〇五年、どうか平和であってほしいと願わずにはいられませんが、偽札、偽五百円玉では、とても平和とは思われませんね。また、盗んだ真札を溝に流して棄てたり、山林に棄てたりする人もあるようで、こわい、こわい。

社会にとどろく鼉太鼓《だだいこ》。

だけど、節分能《せつぶんのう》にひびくのみで、社会、世界への警太鼓《けいだいこ》としては、きこえない。聞く耳もたぬ私でも、魂にひびくこの巨大な太鼓が作られ続けていることに感謝します。

勾玉を見せて下さった森浩一教授、次つぎとあちこち学んで廻った頃の渡岸寺《どうがんじ》のみ仏、経文がむつかしくて、今も読めないのですけれど、お姿の美しさは目にのこります。

「アシカちゃん」、槐《えんじゅ》並木、末川博先生が倒れられた時の飴反省。

いつも思うことですが、体験は否応なく生きています。いつまでの命か、そう思いながら「玉ゆらめく」のです。

このたびも藤原良雄社長のお志、高林寛子様のご辛苦、藤原書店スタッフの皆様に深く御礼を申上げます。ありがとうございました。

二〇〇五年二月五日

岡部伊都子

〔解説〕「花あかりのひと」が書いた「花あかりのふみ」

佐高 信

本にサインをといわれると、「しなやかに　そして　したたかに」などと書くことがある。そう生きたいという思いをこめてだが、岡部伊都子こそ、まさに、しなやかでしたたかなひとである。

何人かの岡部ファンは「したたかなひと」とはと抗議するかもしれない。しかし、見かけのたおやかさにだまされてはいけない。岡部は十分にしたたかだし、第一、しなやかさを押しつぶすものに対して、したたかでなくては、それを押し戻せないではないか。

「玉」で綴った本書の「玉砕」の項に石垣りんの詩が出て来た。あるいはと思いつつ読んでいって、その詩「崖」が登場して、私は深く納得した。この間、亡くなった石垣への「さよならの会」に出席して、『サンデー毎日』のコラムにその詩を引いたばかりだったからである。岡部の方が石垣より三歳上だが、二人は会ったことがあるのだろうか。石垣もしなやかでしたたかなひとだった。「崖」はこういう詩である。

戦争の終り、
サイパン島の崖の上から
次々に身を投げた女たち。

美徳やら義理やら体裁やら
何やら。
火だの男だのに追いつめられて。

とばなければならないからとびこんだ。
ゆき場のないゆき場所。
(崖はいつも女をまっさかさまにする)

それがねえ
まだ一人も海にとどかないのだ。
十五年もたつというのに
どうしたんだろう。
あの、
女。

岡部がこの詩を引いたのが一九七四年。それからさらに三十余年が過ぎて、詩がつくられてからは四十数年にもなるのに、この詩のリアリティは逆に増している。それを岡部もひしひしと感じているだろう。

「女をまっさかさまにする」ものにしたたかに抵抗するように、本書に収められた文章はいずれもが生々しい。生きている。たとえば私は「風船玉」所収の次のような一節に共感する。

「心の嵐は、時が経っても納まらぬことがある。つらい、くやしい、ねたましい……。けれど息をつめてがまんしていたら、いつかはその嵐が通り過ぎるかもしれぬ。通り過ぎ、遠ざかる嵐もあるが、なおなお募りくる嵐もある」

岡部に電話口で歌わされたことがある。襟裳岬に講演に行き、終わって一息ついて宿から電話したら、カラオケの話になった。そうこうするうち、

「歌って」

と言われた。

「いつか」

と逃げていたら、

「私は身体が弱いから、明日死ぬかもしれないのよ」

と脅迫する。

それに屈して、電話口で歌ってしまった。あれは古賀メロディーの「影を慕いて」だったか……。

いずれにせよ、脅しのテクニックもなかなかのものである。読者はくれぐれも、表面の穏やかさに目をくらまされてはならない。

しかし、私は「しなやかさ」とともに、そうした「したたかさ」を持っている岡部が好きであり、そんな岡部に拍手している。

岩波書店から出た『岡部伊都子集』全五巻の編者は落合恵子と私である。落合はともかく、私には違和感を抱く人が多いらしい。しかし、しなやかでしたたかをめざす点では、共通しているのである。

岡部は丈夫ではない。「学歴はないけど、病歴はある」などと言うが、『思いこもる品々』（藤原書店）に書いているように、「いわば毎日が新年で、毎日が大晦日」という感じの日々であり、「体力視力の欠乏で」年賀も〝欠礼〟している。

それなのにというか、それでもというか、岡部は沖縄に講演に行ったり、韓国まで出かけたりする。それを聞いて、

「えっ」

と絶句していると、電話の向こうで、

「心配かけるのも大好きやけど、裏切るのも大好き」

などと、似合わぬ憎まれ口を叩いている。

「どこで死んでもいいやん。行けるところまで行きます」

と言われては、こちらも唸るしかない。

早稲田大学教授の岡村遼司は岡部を「年々タカラヅカになる」と言ったという。歌劇（カ

ゲキ）になるということである。

岡部はいつも、沖縄に行って元気を吸って帰って来る。沖縄は岡部の婚約者が亡くなった地であり、その木村邦夫が、自分は戦争に行くのは厭だと告白したのに、皇国少女だった岡部は、自分なら喜んで行く、と答えてしまった。それを生涯の悔いとして岡部は発言し、書きつづけてきた。

〽雨は降る降る　人馬は濡れる

　越すに越されぬ　田原坂

「田原坂《たばるざか》」である。一九九七年の夏、京都の岡部家にこの歌が流れた。身体の弱い岡部との対談に私が家まで押しかけて、ごちそうになった後で、岡部の所望で編集者が、この歌を歌ったのである。岡部は歌ってほしいと言っただけで、何をとは言わなかった。

ところが、「田原坂」と聞いた途端、

「マァ！」

と悲鳴に近い声をあげた。

実は、この歌は木村邦夫が大好きな歌で、戦友たちに教えたりもしていたという。それを知って岡部は、是非とも聞いてみたいと思ったが、その機会を得ずに過ごしてきた。

それを偶然、編集者が歌うというのである。岡部は目をつぶって聞いていた。あるいは、木村の声をかぶせていたのだろうか。

「田原坂」は西南戦争の激戦の地、田原坂に散った薩摩の兵士を偲んで、九州日日新聞の記者がつくったといわれる。

西郷隆盛に殉じた薩摩軍の中には十代の少年もまじっていた。だから、

〽馬上ゆたかに美少年

なのである。

岡部は『大法輪』の一九九八年三月号に、「夢も田原の草枕」と題して、あの夏の日のことを書いている。

「まあ……田原坂……。

どきんとしました」

西南戦争の時の屈折した政治状況を彼女はＮＨＫの「堂々日本史」で見たと言い、そのエッセイをこう結んでいる。

「邦夫さんは矛盾におとし入れられた薩摩の若者たちの苦しみを偲んでいたのでしょうか。歌はせつない。初めてきく田原坂に時代をこえて今日つづく若者の思いが流れて」

岡部を私は「花あかりのひと」と名づけた。花あかりとは、水に浮かべてともす丸いろうそくに、岡部が頼まれてつけた名だが、自ら、いのちの焔をもやして周囲を照らすその浮きろうそくの名こそ、岡部そのひとにふさわしいと思ったからである。

本書に収められた「玉」にまつわる文章はいずれも珠玉のものであり、花あかりのように揺らめきつつも、強い光を放っている。「花あかりのひと」が書いた「花あかりのふみ」なのである。

（さたか・まこと／評論家）

＊『玉ゆらめく』（新潮社版）を、「岡部伊都子作品選・美と巡礼」に収録するにあたり、左記のような編集をほどこした。
・目次において、各章タイトルに、著者の言葉を引用し、附した。
・活字を大きくし、小見出しを入れて、読みやすくした。
・ルビを増やし、読みやすくした。
・口絵、および解説を収録した。

（藤原書店編集部）

著者紹介

岡部 伊都子（おかべ・いつこ）

1923年大阪に生まれる。随筆家。相愛高等女学校を病気のため中途退学。1954年より執筆活動に入り、1956年に『おむすびの味』（創元社）を刊行。美術、伝統、自然、歴史などにこまやかな視線を注ぐと同時に、戦争、沖縄、差別、環境問題などに鋭く言及する。
著書に『岡部伊都子集』（全5巻、1996年、岩波書店）『思いこもる品々』（2000年）『京色のなかで』（2001年）『弱いから折れないのさ』（2001年）『賀茂川日記』（2002年）『朝鮮母像』（2004年、以上藤原書店）他多数。

EYE LOVE EYE

〈岡部伊都子作品選・美と巡礼〉5　（全5巻）

玉《たま》ゆらめく

2005年4月30日　初版第1刷発行©

著　者　岡部　伊都子
発行者　藤原良雄
発行所　株式会社　藤原書店

〒162-0041　東京都新宿区早稲田鶴巻町523
TEL　03（5272）0301
FAX　03（5272）0450
振替　00160-4-17013

印刷・中央精版印刷　製本・河上製本

落丁本・乱丁本はお取り替えします
定価はカバーに表示してあります

Printed in Japan
ISBN4-89434-447-5

ともに歩んできた品への慈しみ

思いこもる品々

岡部伊都子

「どんどん戦争が悪化して、美しいものが何も彼も泥いろに変えられていった時、彼との婚約を美しい朱机で記念したかったのでしょう」（岡部伊都子）。父の優しさに触れた「鋏」、仕事に欠かせない「くずかご」、冬の温もり「火鉢」……等々、身の廻りの品を一つ一つ魂をこめて語る。［口絵］カラー・モノクロ写真／イラスト九〇枚収録。

Ａ５変上製　一九二頁　**二九四〇円**
（二〇〇〇年一二月刊）
◇4-89434-210-3

微妙な色のあわいに届く視線

京色のなかで

岡部伊都子

〝微妙の、寂寥の、静けさの色とでも申しましょうか。この「色といえるのかどうか」とおぼつかないほどの抑えた色こそ、まさに「京色」なんです〟……微妙な色のあわいに目が届き、みごとに書きわけることのできる数少ない文章家の、四季の着物、食べ物、寺院、み仏、書物などにふれた珠玉の文章を収める。

四六上製　二四〇頁　**一八九〇円**
（二〇〇一年三月刊）
◇4-89434-226-X

弱者の目線で

弱いから折れないのさ

岡部伊都子

「女として見下されてきた私は、男を見下す不幸からも解放されたい。人権として、自由として、個の存在を大切にしたい」（岡部伊都子）。四〇年近くハンセン病の患者を支援してきた岡部伊都子が真の「人間性の解放」を弱者の目線で訴える。

題字・題詞・画＝星野富弘

四六上製　二五六頁　**二五二〇円**
（二〇〇一年七月刊）
◇4-89434-243-X

賀茂川の辺から世界に発信

賀茂川日記

岡部伊都子

「人間は、誰しも自分に感動を与えられる瞬間を求めて、いのちを味わわせてもらっているような気がいたします」（岡部伊都子）。京都・賀茂川の辺から、筑豊炭坑の強制労働、婚約者の戦死した沖縄……を想い綴られた連載「賀茂川日記」の他、「こころに響く」十二の文章への思いを綴る連載を収録。

Ａ５変上製　二三二頁　**二一〇〇円**
（二〇〇二年一月刊）
◇4-89434-268-5

石牟礼道子全集

不知火

全 17 巻・別巻一

推　薦　五木寛之／大岡信／河合隼雄／金石範／志村ふくみ／白川静／瀬戸内寂聴／多田富雄／筑紫哲也／鶴見和子（五十音順・敬称略）

Ａ５上製貼函入布クロス装　各巻口絵２頁　**各巻予 6825 〜 8925 円**
表紙デザイン・志村ふくみ　各巻に解説・月報（８頁）を付す

内容見本呈

＊印は既刊

＊第１巻	**初期作品集**		（解説・金時鐘）
＊第２巻	**苦海浄土**	第１部「苦海浄土」　第２部「神々の村」（書下し）	（解説・池澤夏樹）
＊第３巻	**苦海浄土　ほか**	第３部「天の魚」（全面改稿）関連エッセイ	（解説・加藤登紀子）
＊第４巻	**椿の海の記　ほか**	エッセイ1969–1970	（解説・金石範）
＊第５巻	**西南役伝説　ほか**	エッセイ1971–1972	（解説・佐野眞一）
第６巻	**常世の樹・南島論　ほか**	エッセイ1973–1974	（解説・今福龍太）
＊第７巻	**あやとりの記　ほか**	エッセイ1975	（解説・鶴見俊輔）
＊第８巻	**おえん遊行　ほか**	エッセイ1976–1978	（解説・赤坂憲雄）
第９巻	**十六夜橋　ほか**	エッセイ1979–1980	（解説・未定）
第10巻	**食べごしらえ おままごと　ほか**	エッセイ1981–1987	（解説・永六輔）
第11巻	**水はみどろの宮　ほか**	エッセイ1988–1993	（解説・伊藤比呂美）
第12巻	**天　湖　ほか**	エッセイ1994	（解説・町田康）
第13巻	**アニマの鳥　ほか**		（解説・河瀬直美）
第14巻	**短篇小説・批評**	エッセイ1995	（解説・未定）
第15巻	**全詩歌句集**	エッセイ1996–1998	（解説・水原紫苑）
第16巻	**新作能と古謡**	エッセイ1999-	（解説・多田富雄）
第17巻	**詩人・高群逸枝**		（解説・未定）
別　巻	**自　伝**	（附）著作リスト、著者年譜	

プレ企画　**不知火——石牟礼道子のコスモロジー**
石牟礼道子・渡辺京二・イリイチ・志村ふくみ他
菊大判　264 頁　**2310 円**

透谷没後百年記念出版

雙蝶

〈透谷の自殺〉

永畑道子

大ジャーナリスト徳富蘇峰の回想を通して、明治文学界の若き志士、北村透谷の実像に迫る。透谷を師と仰ぐ島崎藤村。何が透谷を自殺に追い込んだか？ 作家永畑道子が、一〇年の取材をもとに一気に書き下した、通説を覆す迫真の歴史小説。

四六上製　二四四頁　**二〇三九円**

（一九九四年五月刊）

◇4-938661-93-4

玄洋社の生みの親は女だった

凜　りん

〈近代日本の女魁・高場乱〉

永畑道子

舞台は幕末から明治。幼少より父から男として育てられた女医高場乱《おさむ》は、西郷の死を心から悼む。興志塾（のちの玄洋社）を開き、頭山満ら青春さ中の男たちに日本の進路を学問を通して吹き込む乱。近代日本の幕開けをリードした玄洋社がアジアに見たものは？

四六上製　二四八頁　**二一〇〇円**

（一九九七年三月刊）

◇4-89434-063-1

三井家を創ったのは女だった

三井家の女たち

〈殊法と鈍翁〉

永畑道子

三井家が商の道に踏みだした草創期に、夫・高俊を支え、三井の商家としての思想の根本を形づくった殊法、彼女の思想を忠実に受け継ぎ、江戸・明治から現代に至る激動の時代に三井を支えてきた女たち男たちの姿を描く。

四六上製　二二四頁　**一八九〇円**

（一九九九年二月刊）

◇4-89434-124-7

日本女性史のバイブル

恋と革命の歴史

永畑道子

〝恋愛〟の視点からこの一五〇年の近代日本社会を鮮烈に描く。晶子と鉄幹／野枝と大杉／須磨子と抱月／スガと秋水／らいてうと博史／白蓮と竜介／時雨と於菟吉／秋子と武郎／ローザとヨギヘスほか、まっすぐに歴史を駆け抜けた女と男三百余名の情熱の群像。

四六上製　三六〇頁　**二九四〇円**

（一九九三年一一月／九七年九月刊）

◇4-89434-078-X